『暁の脱出』

ふいに、マーロールは、すらりと腰のレイピアを抜きはなった！（53ページ参照）

ハヤカワ文庫 JA

〈JA906〉

グイン・サーガ⑰

暁の脱出

栗本　薫

早川書房

6177

THE DEPARTURE AT DAWN

by

Kaoru Kurimoto

2007

カバー／口絵／插絵

丹野　忍

目次

闘神マヌよ、古今まれなる勇士の魂をいざ、
みもとにひきとらせたまえ。
史上最大なる戦士にして勇士、闘うことだけしか知らなかった男。
たぐいまれな勇者、その名を永遠《とわ》にすべての人々の心に刻み、忘れることなく語りつぐべし。勇士、そは永遠の大闘王の謂なり。

――タイスの墓碑銘――

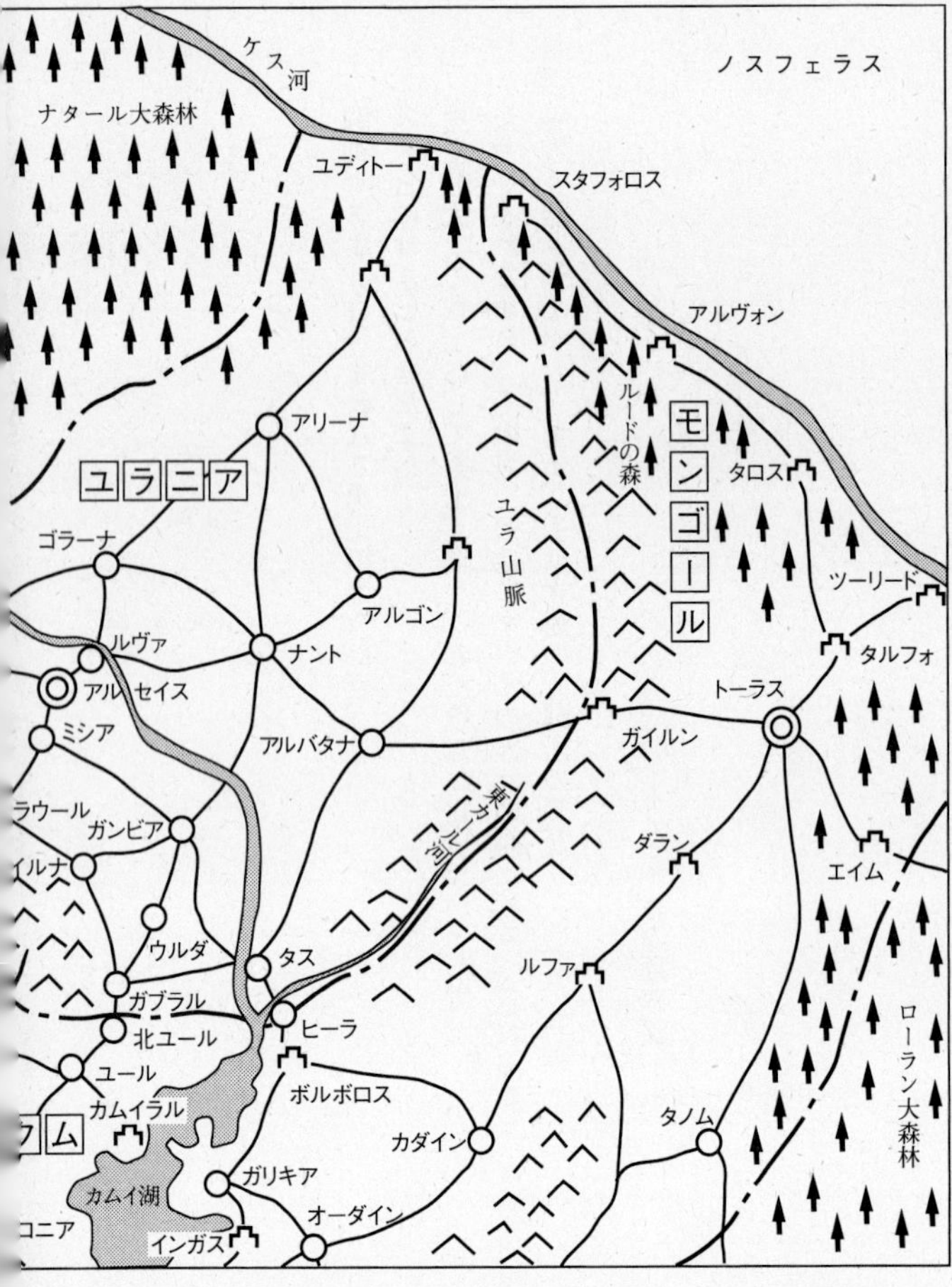
ケス河
ノスフェラス
ナタール大森林
ユディトー
スタフォロス
アルヴォン
ルードの森
モンゴール
タロス
ツーリード
タルフォ
トーラス
ガイルン
ユラ山脈
アリーナ
ユラニア
ゴラーナ
アルゴン
ナント
ルヴァ
アルセイス
ミシア
アルバタナ
東カール河
ラウール
ガンビア
イルナ
ダラン
エイム
ウルダ
タス
ルファ
ガブラル
ヒーラ
北ユール
ユール
ボルボロス
カムイラル
ム
カダイン
タノム
ローラン大森林
ガリキア
カムイ湖
オーダイン
コニア
インガス

〔中原拡大図〕

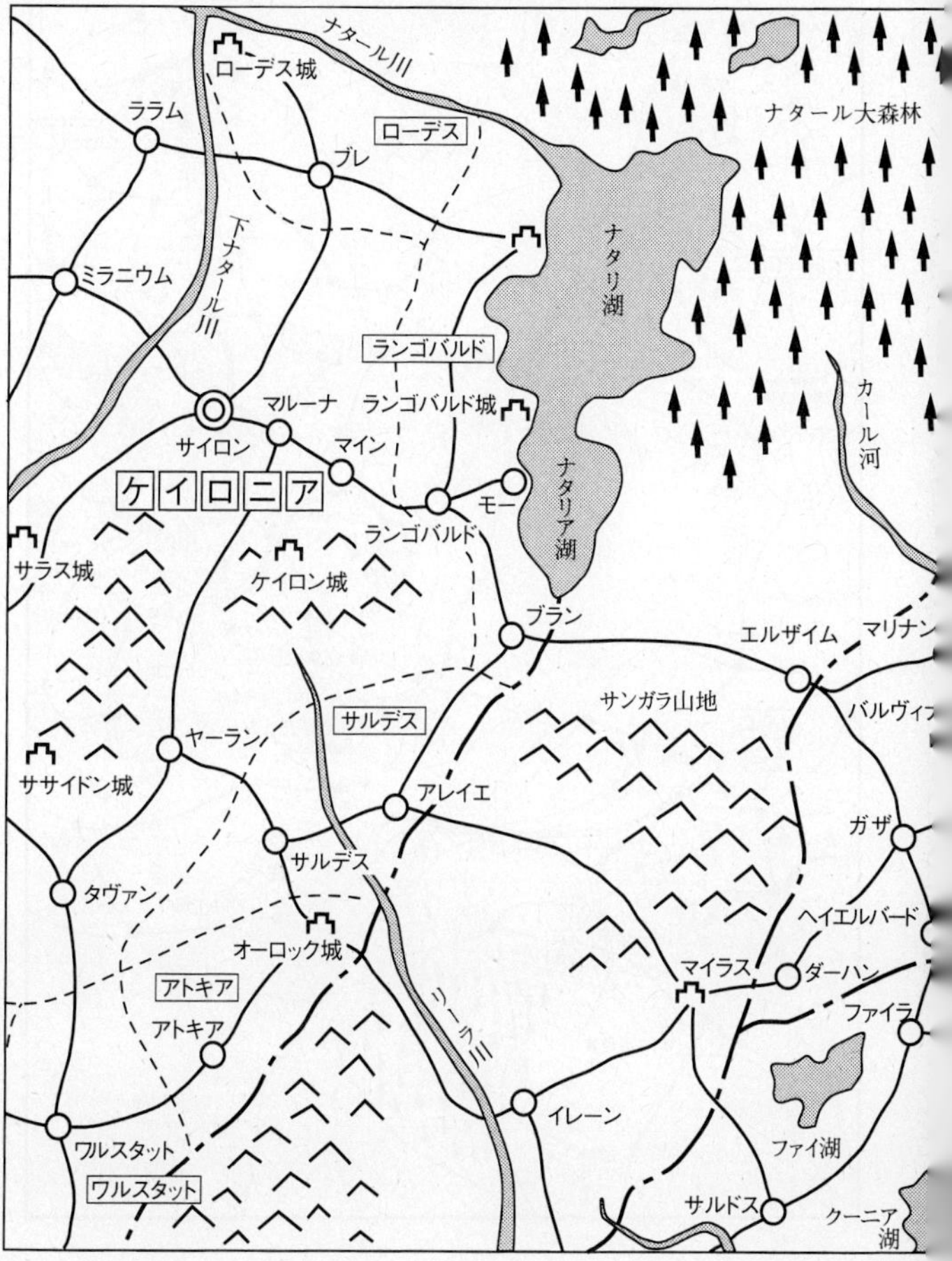
ナタール川
ローデス城
ララム
ローデス
ブレ
ナタール大森林
ナタリ湖
下ナタール川
ミラニウム
ランゴバルド
カール河
マルーナ
ランゴバルド城
サイロン
マイン
ナタリア湖
ケイロニア
モー
ランゴバルド
サラス城
ケイロン城
ブラン
エルザイム
マリナン
サンガラ山地
バルヴィア
サルデス
ヤーラン
ササイドン城
アレイエ
ガザ
サルデス
タヴァン
ヘイエルバード
オーロック城
マイラス
ダーハン
アトキア
ファイラ
アトキア
リーラ川
イレーン
ワルスタット
ファイ湖
ワルスタット
サルドス
クーニア湖

〔中原拡大図〕

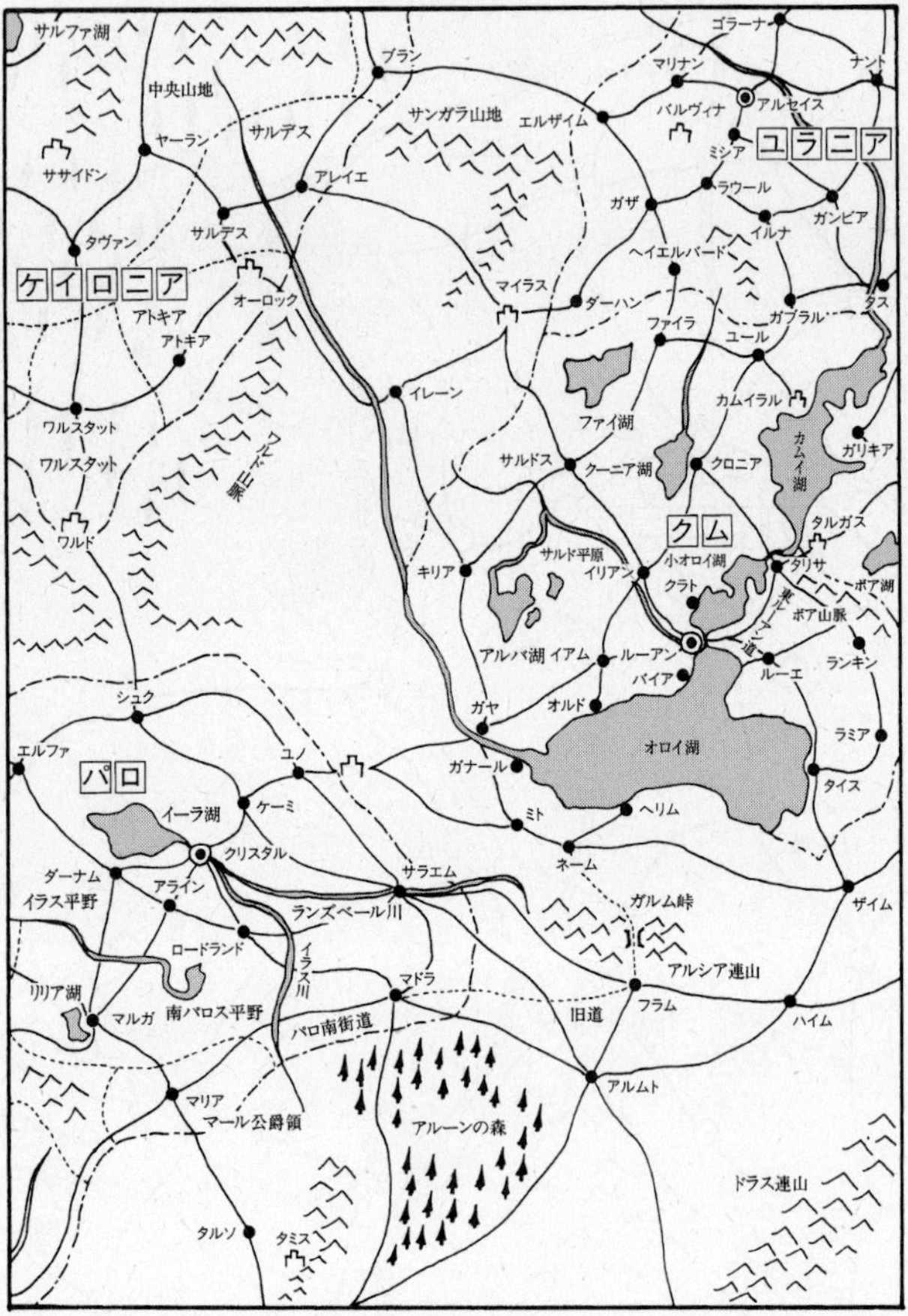
サルファ湖
中央山地
ヤーラン
サルデス
ブラン
サンガラ山地
エルザイム
ゴラーナ
マリナン
ナント
アルセイス
バルヴィナ
ミシア
ユラニア
ササイドン
アレイエ
ラウール
ガザ
イルナ
ガンビア
サルデス
タヴァン
ヘイエルバード
ケイロニア
オーロック
アトキア
アトキア
マイラス
ダーハン
ファイラ
ガブラル
タス
ユール
イレーン
カムイラル
ワルスタット
ファイ湖
カムイ湖
ガリキア
ワルスタット
サルドス
クーニア湖
クロニア
ワルド
クム
タルガス
サルド平原
イリアン
小オロイ湖
タリサ
キリア
クラト
ボア湖
ボア山脈
アルバ湖
イアム
ルーアン
ランキン
バイア
ルーエ
シュク
ガヤ
オルド
ラミア
オロイ湖
エルファ
ユノ
パロ
ガナール
タイス
ケーミ
イーラ湖
ミト
ヘリム
クリスタル
ネーム
ダーナム
サラエム
ザイム
アライン
イラス平野
ガルム峠
ランズベール川
ロードランド
アルシア連山
イラス川
マドラ
リリア湖
マルガ
南パロス平野
フラム
旧道
ハイム
パロ南街道
アルムト
マリア
マール公爵領
アルーンの森
ドラス連山
タルソ
タミス

暁の脱出

登 場 人 物

グイン……………………………………………ケイロニア王
マリウス…………………………………………吟遊詩人
リギア……………………………………………聖騎士伯。ルナンの娘
ブラン……………………………………………カメロンの部下
マーロール………………………………………剣闘士
タイ・ソン………………………………………タイス伯爵
タリク……………………………………………クムの大公
エン・シアン……………………………………クムの宰相
アン・ダン・ファン……………………………クムの前宰相
ガンダル…………………………………………最強剣闘士

第一話　驚天動地

1

「グイン――」

脇腹から血を流し続けながら、辛うじて片膝をついたまま、踏みこらえている老闘王ガンダルの口から、満足げな声がもれ、そのしわぶかい口辺《こうへん》に、莞爾《かんじ》たる微笑がかすかに漂った。

「豹頭王グイン。俺は、豹頭王グインと闘ったのだな」

「そうだ」

「それを聞いて――」

また、ごふっと、ガンダルが血を吐いた。

「それを聞いて満足だ。俺は――名も知れぬどこかの大道芸人あがりの……若いだけが取り柄の無名の剣士などと……戦ったわけではなかった。俺は――俺は、わが闘技に捧げた生涯の最後に──」

「ガンダル。いますぐに血止めをすれば、致命傷にはいたるまい」

グインは血の滴り落ちる左肩をおさえたまま、ゆっくりと立ち上がった。

「俺もまだおぬしほどの英傑をこの闘技場の砂の上で死なせたくはない。すぐに──」

「不要！」

ガンダルが囁くように云った。

何が、グインに、ひそかな警告をささやいたのであったか。

あるいは、その、ガンダルの見上げた知死期《ちしご》の目のなかにあった、異様な歓喜の光だったかもしれぬ。

左肩をおさえたまま、グインが、一歩退こうとした、その時だった！

「グンド！」

やにわに、ガンダルが絶叫した。

と思った刹那！

ガンダルはありったけの最後の力をふりしぼって立ち上がり、その右手に支えにしていた愛剣を思いきり、グインにむかって切り込んできた！

「ワアアーッ！」

四万の観衆が、総立ちになった！

「応！」

グインもまた死力をつくして飛びすさった。が、グインも傷ついていた。その上に、身を守るべき剣はもはやない。

「俺は死ぬ！」

ガンダルが咆哮した。

「だが、一人では死なぬ。お前ならば、死出の道連れとして不足はない。——死ね。俺とともに黄泉に下ろうぞ、王よ！」

二撃、三撃——

さすがにもはや、さしものガンダルの剣にも、最初の勢いの十分の一の勢いもない。その脇腹には深々と、いまだにグインの折れた剣が突き刺さり、その傷口から、どうどうと血が流れ落ちているのだ。動けるだけ、奇蹟であった。

だが、それをよけるグインのほうも、ふかでを負っている。その足はふらつき、これまた、当初の敏捷さの半分も自由がきかぬ。

深傷《ふかで》を負った二人がよろめきながら砂地の上を動き回るたびに、ガンダルの脇腹からも、グインの左肩からも、大量の鮮血がこぼれおちて大闘技場の白砂を染めた。

わああっ、わああっ——

あまりの凄惨な戦いに、ついに、観衆は我を失った。

かれらはわけもわからず怒号しはじめた。必死に警備員たちが押さえようとしたが、もう、押さえて押さえられるものではなかった。

「グンド——グンド！」

「やめろ、もうやめてくれ！」

「逃げるんだ、グンド！」

「たのむ、やめろ、ガンダル！　どちらも死んでしまう！」

もはや、観衆の声もありったけの絶叫にまで高まっている。

闘技場の壁の外では、いったいどんな事態がおきているのかと、みながこれまた総立ちになって、壁を透視しようとさえ必死になっていた。だが、いままさにこのありさまをうしろにして、外になりゆきを知らせにかけ出してゆく《お知らせ屋》など一人もいようはずはなかった。

わあっ、わあっ、わあっ——

またしても、怒号が潮となって闘技場をおおいつくす。

その中で、グインは、喘ぎながら、ガンダルの剣先をよけ続けていた。

（おのれ——）

（なんという……底なしの体力だ。あれだけの深傷を——もはや……致命傷すれすれの深傷を負っていながら……なぜ……こんなに動けるのだ。なぜ……）

(だめだ……力が抜けてゆく……)

観衆の目にも、明らかに、グンドが追いつめられ、分が悪く見えた。どちらも手負いではあるが、それでもガンダルはおのれの剣を捨てていない。だがグインの剣はガンダルの脇腹にささったままになっている。剣をもたぬグンドの生きのびる道はただひとつ、ガンダルが力つきて倒れるのを願うだけだろう。だが、そのあいだにも、グンドの左肩からも、白砂を血で染めて、鮮血の筋が流れ出てゆくのが見えるのだ。

「きゃあああ！　きゃあああ！」

「ああ、やめて、もうやめて！」

何人かの——いや、もっとかもしれなかった——貴婦人が、あまりの凄惨さに失神した。だが、誰も運び出して介抱してやるゆとりはなかった。

大公も、タイス伯爵も、むろんほかの重臣たちもみな、半狂乱になって叫びながら拳を突き上げていた。何に対して、どうしろと訴えているのかさえわからぬままに、ただ脳の破裂するほどの狂奮にたえがたく、叫び続けていたのだ。そのなかで、ブランはひとり、声も出さなかった。

(陛下——陛下——陛下——！)

出来ることならば、このまま飛び降りて、かなわぬまでもガンダルの剣の前に立ちはだかり、グインの盾となりたい。だが、それを、グインがいさぎよしとせぬこともまた、ブランにはいたいほどわかっている。

その思いは、同じ闘技士席のずっと上のほうにいる《青のドーカス》にとっても、まったく同じだっただろう。ドーカスもまた、くいいるように闘技場に目を注ぎながら、激しく血が出るほど拳を握りしめている。

マリウスは、いつのまにか、おのれの席で、激しく両手を祈るかたちに組み合わせていた。あれほど饒舌なマリウスだったが、いまはただのひとこととして、声をあげようとしていなかった。もしも口をひらけば、おのれが、ありったけの声で、（グイン！グイン、死なないでくれ、グイン！）と、そのまことの名を、しかもタイス伯爵や大公のこれほど近くで絶叫してしまうことは、知れていたからだ。それゆえ、マリウスは、痛いほどマントのはしをかみしめながら、両手を必死に組み合わせて、おのれの知るありとある神々にむかって義弟の無事を祈り続けていた。

人々の目には、しだいにグインの足どりが、弱っておぼつかなくなってきたのがはっきりと見えた。そして、ガンダルのほうは、よろめきながらも、しだいに少しづつ、攻撃の速度をあげてさえきたのが。

（ガンダル……）

（いったいどこまで——底知れぬ怪物なのだろう……）

（本当に……この世の人間には、おそらく……この怪物をたおせるものは……いないのだ……）

その畏怖こそ、観衆の胸をつかんではなさなかった最大のものであったに違いない。

「あああぁッ！」

ふいに、人々がふりしぼるような悲鳴をあげた。

「グンド！」

同時に絶叫がおこった。グインが、出血と傷のいたみにたえかねて、がくりと膝をついたのだ。同時にガンダルがまた、よろよろと剣を振り下ろしたが、その剣も勢いを失っていたので、ざくりとまた砂を切り下ろしただけだった。だが、逆にグインがよろめいて倒れたのが幸いした――もしも、グインがそのまま立っていたら、その剣はまたしても、グインのからだをまともに切り裂いていたに違いない。

「やめさせろ！」

「もう、充分だ――もう、充分だ！」

「二人とも英雄だ！　どちらも、殺すな！」

「旗を――終了の旗を！」

観客席からまたしても絶叫がおきたが、しかし、タイス伯爵もタリク大公もそちらを見やろうともしなかった。いやしくも大闘技会の決勝戦なのだ――たたかいが終わるのは、どちらかがはっきりと倒れて動かなくなったときだけしかありえない。たとえ、それは息絶えたのではなく、動けなくなったのであったにせよだ。

もはや、二人の戦士はだが、最初のあのおどろくべき敏捷さと活力を誇っていた二人とは同一人物とも見えぬほどに弱りはてていた。よろめき、うめきながらガンダルがかろうじてまた剣を砂地から引き抜く。その口から、動くたびに血がこぼれおちる。

だが、こんどは再び激しい恐怖の悲鳴がおきる――グインは、起きあがろうとしなかった。

「グンド！」

「あああ！　グンドが――！」

「グンド、危い！」

「立ち上がれ！　ガンダルが来るぞ！」

観衆の口から悲鳴と絶叫があがった。

だが、力つきてしまったかのように、グインは横たわったままだった。

（陛下――！）

ブランは心中に絶叫した。そして思わず、そこを飛び降りて闘技場に駆け下りようとするかのように、目の前の手すりをつかんで身をおこしかけた。

「グンド！　グンド！」

「ああーッ！」

恐怖の悲鳴がほとばしったとき——

ガンダルは、これを最後と、弱々しく、だが充分すぎるほどにありったけの残った力をふりしぼって、愛剣を振り上げた。それがぶんとふりおろされてくる。グインはもう、動かない。誰もが、次の刹那、グインの仰向けに横たわったままのからだから、鮮血がほとばしり、そのからだが両断されるか、その胸にふかぶかと巨大な剣が突き刺さる光景を予期して目をつぶってしまった。

「あああーッ！」

何人が、そのとき起きたことを、正確に見てとることが出来たものか——

おそらく、目をとじていなかったものたちさえ、本当にそこで起きたできごとを、すべて完全に見分けることは出来なかったに違いない。

じっさいに起きたことは次のようであった——

ガンダルが剣をふりおろす。ぐったりと横たわっていたグインは、ただ動く力をすべて喪って横たわっていたわけではなかった。そうではなく、彼はただ、ごくわずかの間、死んだように闘技場の白砂の上に身をよこたえて、失いかけていた体力をほんのわずか、取り戻そうとしていたのだった。ガンダルの剣がひるがえり、そしてグインめがけてよろよろとガンダルが殺到してきたとき、グインの目がカッと見開かれた。

その手が、ずいと砂地のなかをさぐった。グインは、ただ単にその場に倒れたわけではなかった。グインには、あるあてがあったのだ。

ガンダルの上体がグインめがけて横倒しに剣をふりおろしてくると同時に、グインはからだを横にころがしてガンダルの攻撃をよけざま、その右手で、砂地の上に落ちていたものをすくいあげていた。

おのれの、ガンダルに折られてはじけ飛んでいた剣の上半分、折れた刃を。

それをつかむと同時に、グインはそれを殺到してくるガンダルに向かって回転させながら投げつけ、それと同時にからだを横転させて、二回、三回砂地をころがってガンダルから逃れた。そして、よろめきながらもしっかりと大地をふみしめて立ち上がった。

ガンダルはまったくその反撃を予期していなかった——だが、予期していたとしても、すでに弱っているガンダルでは受け止めきれなかったであろう。

回転しながらガンダルにむかって飛んでいった折れた刃は、ガンダルの喉元にそのまま突き刺さり、その喉を切り裂いた。闘技場にほとばしった鮮血は、グインのものではなかった。それは、ガンダルの血であった。

「う——わ——あ——あ——あ——！」

観衆の悲鳴が、一瞬まるで時が止まったかのようにこおりつき、そして、いきなり、闘技場を爆発させるほどの絶叫となってほとばしった！

「あああッ！　ガンダルが――ガンダルが！」

「ガンダルが――」

ガンダルは、横腹からも、喉からも、半分に折れた剣を生やした異様なすがたのままで、右手の剣をざくりと闘技場の砂に突き立て、その剣を杖に、ほんのしばらく立っていた。

それから、その血走った目がグインの姿を探すかのように動き、だが見いだせぬまま、剣からゆるゆると手がはなれ、ガンダルの巨体は、どうとばかりに、おそろしくゆっくりと競技場の白砂の上に、うつぶせに倒れていった。おのれの重みで、脇腹と喉元に刺さった刃がさらにガンダルを切り裂き、白砂の上に滝のように血がほとばしって、みるみる小さな池となってゆくのを、茫然と人々は見つめていた。

グインは、よろめきながら、身をおこした。

「ガンダル。――ガンダル」

よろめく足を踏みしめつつ、ガンダルに駆け寄る。そのまま、右手だけでガンダルを抱え起こそうと焦った。

「ガンダル。しっかりしろ」

「が――ふッ……」

ガンダルの口から、さらに鮮血があふれ出た。

喉を断ち切られ、ほとんど声はもう出せなかった。だが、おそるべき栄光の履歴と体力とは、この期に及んでさえ、まだガンダルに死のやすらぎを許そうとしなかった。

「み——ごと……だ——豹頭王……」

ガンダルの唇がかすかに動いた。血が唇から滴りおち、色あせた唇が動くばかりで、ほとんど声にはなっておらぬささやきを、かろうじてグインはそれと読みとった。

「満足——した——俺は……満足だ——俺の生涯……これで——よい……さいごに——お前のおかげで……最高の……夢が見られた——お前の手で——幕をひいてもらう……こんな贅沢なことは……ない——俺は——嬉しい——俺の栄光は……守られ——俺の——」

ついに、ガンダルのその底なしの驚くべき体力も尽きた。

その老いた目が、かすかにしばだたき、また唇から血の色の泡がもりあがってごぼごぼと音をたて、そして、ゆっくりとガンダルの目が白く光を失ってゆくのを、グインはじっと、片手でガンダルの頭を支えようとしたまま、見つめていた。

「勇士よ——」

グインは低く、ガンダルにたむけるかのように呟いた。

「おぬしはまことの勇者だった。たとえその身は闘技場に……闘技大会の競技に果てるとも——おぬしこそ、まことに世界最強の戦士だったことに何の違いがあろう。——お

ぬしと剣をまじえることを得た、ルアーのはからいに——心から感謝を——やすらかに眠れ。ガンダル」

「グ——」

ふいに、かすかにガンダルの巨体が痙攣した。

なおも、まるで、戦いへの未練をおさえやまぬかのように、そのからだがもう一回はねあがろうとする。が、それはもはや最後の、無意識の力にすぎなかった。

はっと人々が息をのんだとき、その弱々しい唐突なあがきをさいごに、ガンダルのからだは白砂の上に横たわり、そしてもう、動かなかった。

グインはそれを見下ろした。そのトパーズ色の目には勝利の色はなく、ただ、敬虔な哀悼の色のみがあった。

そのまま、グインもまた、左肩をおさえたまま、激痛と出血にのろのろと膝をついた。

観衆はふたたび悲鳴をあげて総立ちになった。

こんどは、もはや、タイス伯爵もためらわなかった。命令が下され、東西の戦士の門が開き、そこから、担架を持った救護隊員たちがすごい勢いで走ってくる。あわただしく、片方の担架にガンダルが乗せられようとし、そして残るものたちがグインの左肩にいそいで止血をして、応急手当をはじめるのを、観衆たちはわけのわからぬ怒号をほとばしらせながら見守っていた。

もはや、その声は物凄いひとかたまりの爆発と化していた。誰も、おのれが何を叫んでいるのかわからなかった。ただ、叫ばずにおられぬなにものかが、この広大な闘技場を埋めた四万人の人々のなかに突き上げ、そして、ありったけの声で叫ばせていたのだ。わあ、わあ、わあ――えたいのしれぬエネルギーがひとかたまりになって爆発する瞬間を見出したかのように、人々は叫びつづけ、あるものは泣き続け、あるものは絶叫しながら手をふりまわしつづけていた。誰もが、目の前でおきた出来事に異様に心をゆさぶられていた。まだ、誰ひとりとして、闘技場を立ち去ろうとするものなどいもしなかった――そんなことは、誰ひとり考えつきもしなかった。タイス伯爵はなんとかして、人々に多少の落ち着きを取り戻させ、一刻も早く、水神祭り闘技大会の新しい大闘王が誕生したことを宣告したくてやっきになっていたが、それでも人々の怒号と狂奮をとどめることは出来なかった。もしも無理矢理にそうしたとしたら、それこそ、たいへんな暴動が起きることになってしまったかもしれぬ。

グインが応急手当を受け、そのまま表彰式のために立ち続けているのはとても無理だろうとみた救護隊員たちに、とりあえず持ってこられた担架の上に横たえられるのを、人々は夢中で見守っていた。その目の下で、いっぽう、ガンダルの遺体は――それが遺体であることは、すでに誰の目にも明らかであった――持ってこられた担架が普通よりかなり大きなものであったにもかかわらず、実際に乗せて運び出そうとすると、ガンダルが巨大すぎて、まったく担架の用をなさないので、もう一度白砂の上におろされていた。あわてて駆け込んでいった救護隊員たちが、結局ガンダルを乗せるにふさわしいほどの巨大な担架を見つけることが出来なかったので、そのかわりになるべく大きな板をさらに倍の人数になって運んできて、それを白砂の上におき、ガンダルを数人がかりで乗せようと試みる。人々は怒号し続けていたが、しだいに、その絶叫は、その光景に粛然たるものを誘われたかのように静まりかけてきた。だが、それは人々の気分が落ち着いたことを示すものではなく、むしろ逆に、爆発直前までたかまった興奮が、そのたかぶりのまま、おさえつけられてふたたびたかまるのを待つような、何か巨大な地震の直前の低い地鳴りが高まり、またしずまり、また高まってゆくかのような、あやしいゆらめきを感じさせた。

ブランは、そのおさえきれぬ狂熱状態の観客席を無理矢理かきのけるようにして、ようやく一番下に到達した。そのまま、塀をおどりこえて闘技場に飛び降り、グインにむかってかけだした。誰もブランをとめなかった——ブランが、グインの「そばづき」であることを示す、西の闘王の世話係の印の布を肩からなびかせていたからである。ブランは担架の上によこたえられたグインに駈け寄った。

「グンド！」

陛下、と呼びかけそうになってしまうのを懸命にこらえながら、ブランは叫んだ。

「大丈夫ですか。お怪我はッ！」

グインは答えなかった。その目はとじ、グインは意識を失っているように見えた。ブランは胸のつぶれそうな心配に襲われて、思わずそのグインにとりすがった。

そのうしろで、ガンダルを持ち上げようとしていたものたちは、ようやく、ガンダルを巨大な戸板の上にのせ、そのまわりを、あまりに重たかったので最初の十人でさえとうてい無理で、さらに六人の加勢がかけつけて、辛うじて持ち上げることに成功した。

そうして、かくも長いこと栄光と伝説と、あまりにもさまざまな風評とに包まれてクムに、いや全世界に君臨しつづけてきた伝説の大闘王ガンダルは、自らの血に染まってさいごに生涯を捧げた闘技場の白砂の上から去ろうとしていた。

その思いが、観衆にも異様なまでに粛然とした感慨と敬意を抱かせた。人々は——ことに男たちは、いっせいに立ち上がり、ガンダルの遺骸が闘技場を去ってゆくのを見送るために、右手を胸にあてた。貴賓席の貴族たちも、タリク大公も、タイス伯爵もまた。

それをみて女性たちもそれにならったので、また観客たちは総立ちになり、だがこんどは粛然と、クムの伝説の英雄のさいごの姿を送り出そうとしていた。ガンダルをのせた戸板をかつぎあげた十六人の男たちは、ありったけの力をふりしぼってその板をなるべくたかだかと持ち上げた。かれらが気を付けながら東の戦士の門へと進み出すのを、人々はもういまは寂として声もなく見守る。白砂の上には、二人の勇士が流した大量の血がなおもまざまざと流れている。

(ガンダルの時代は終わった……)

(ガンダルは、もういないのだ……)

(クムに君臨した最強の闘技士、ガンダルはもういない……)

その思いにうたれたかのように、あちこちですすり泣きがおこり、それはガンダルをおくるための手向けの響きとなった。

吸り泣きと、どうしてよいかわからぬ、胸にあふれてくる思いのうちに、人々はかすむ目で、粛々と運び去られてゆくガンダルを見守った。闘技場は、妙におそろしくがらんとして、そして白砂の上になまなましく血が流れていた。

「グンド!」

ふいに、気付いて、ブランはあわてて声をあげた。グインが、担架の上で、身を起こそうと弱々しくもがいていた。その左肩にはすでに応急手当の包帯が分厚くまかれていたので、血の色はとりあえず見えなかったし、豹頭のようすからは、いたでの苦痛をうかがうことも出来なかったが、しかし、グインが、相当に重傷であることは一目瞭然であった。

「何をしてるんです。動かないで」

ブランは叱咤した。だが、グインは、かろうじて右手をついて、なんとか身をおこそうとあがいていた。

「ガンダル」

その唇から、かすかな声がもれた。

「ガンダルを送ってやりたい――これほどの……よき敵手に出会ったのは、はじめてのことだ――せめて、見送ってやりたい……」

「お気持はわかります。しかし、御無理をなさっては」

ブランは、思わず、救護隊員たちの手前も忘れ、うやうやしく云いながら、なんとかグインのからだを支えてやろうと手をさしのべた。

そのとき、静かな、だが熱烈な拍手が、闘技場の観客席の一角からわきおこった、と見るまに、たちまちそれは観衆すべてにひろがっていった。おのれの気持を、どのように表現してよいか、わからぬかのように、啜り泣いていた観衆たちは、ガンダルの遺骸の退場にむかって、もはやガンダルには聞こえるすべもない拍手でせめても送りたいと、狂ったように手を叩き、その健闘と――そしてその長い栄光の生涯とをたたえはじめていた。ブランは思わず、グインを支えるように抱きついたまま、それを見回した。

そのときであった。

開いたままの西の門から、ふわりと闘技場の上に姿をあらわしたひとつの人影があった。

2

その、同じころ。

いや、グインと、ガンダルとが、歴史に残る死闘をくりひろげつつある、大闘技大会の決勝戦がいまやたけなわとなった、そのころあいのことであったが——

タイスに、ひそやかに、異変がおこりつつあった。

むろん、その異変は、そこにおらぬものたちには、知るすべもない。ましてや、人々は——タイスを埋め尽くした観光客たち、タイスのおもだった市民たち、名だたる名士たち、そしてタイスの支配階層たちもまた、全員が大闘技場につめかけ、ちょっと動いてもこぼれおちてしまいそうなほどのぎゅうぎゅうづめのなかで、息さえも詰めて、何ひとつ見逃すまいと、グインとガンダルとの死闘に夢中になって見入っていた最中である。

ほかのものたちも、歩けるかぎりのものはほとんどが、大闘技場の外の壁をとりまくようにして、そこにつめかけ、一タルザンでも早く、どちらがこの歴史的な試合に勝者となり、そして敗者の運命はどのようになったのか、どのような試合がくりひろげられたのかを知ろうと血眼になっていた。

それまでは、よそで――たとえばマイヨーナの神殿だの、あるいはロイチョイだので時間をつぶしたり、みやげものを買ったりしていた観光客たちも、このさいごの決勝戦を見逃そうなどと思うものは誰ひとりいはしなかった。マイヨーナの神殿もロイチョイもゆこうと思えばいつでもゆけるし、それこそ明日でもよい。だが、決勝戦はきょうこのときしか見られないのだ。そう思うがゆえに、大闘技場の入場券を手にいれることのできなかったものも、みなこぞって闘技場の周囲に詰めかけてきていたし、そもそもマイヨーナの神殿の祭司たちだの、ロイチョイのみやげもの屋のおやじだの、そういった、観光客あいての商売で身すぎ世すぎをしているようなものたちまでが、店や神殿を放り出して闘技場にやってきてしまっていたのだ。どうせ客もいないのだから、店をあけていてもしかたがない。それならば、このとてつもない見もののなりゆきを、ちょっとでも早く見届けたほうが、はるかに、そのあと安心して店に戻ってもこられるし、もしも試合の結果を知らぬ客がいても、それにその話をしてやれるし、見に行っていたものたちとはともにその試合の話が出来るというものであった。

それゆえ、タイスはもはや、ほとんど大袈裟にいえば《無人の町》状態になっていた。タイスばかりではない、紅鶴城もまた同じであった。

城に残っていたのはほんの少数の運悪い留守番役を押しつけられたものたちばかりであった。そして、そのものたちさえも半分くらいは、さらに運の悪いものたちにおしつけて、丘を下って大闘技場までかけつけてきていた。これほどに、タイスががらすきになったことは、いまだかつてタイス史上にもまれであっただろう。

オロイ湖に面したタイス桟橋も、埠頭も、波止場も、むろんがらんとして、遊覧船もグーバもグバーノも、みなもやいづなで桟橋につながれたまま、乗ろうとするものもいなければ、船頭たちのすがたも見えなかった。船頭たちこそは、一番血気さかんであったから、こんな大試合を見逃すはずもなかったのだ。

要するに、タイスは、からっぽであった。紅鶴城も、港も、波止場も、埠頭も、ロイチョイでさえ。これまで誰ひとりとして、このいつも人が群れているタイスにこんな瞬間がくるだろうとは、想像もしなかったほどに、タイスは——あの《幽霊船》の伝説の船さながらに、からっぽになっていた。

広い通り、いつもはあれほどごみごみと人でこみあい、荷馬車が声をからしながら人人を押しのけて通ってゆく通りも、観光客たちがむらがっている屋台通りも——

そして路地裏も、あやしげなにぎわいにみちたロイチョイの廓まわりも。

その、しんとしずまりかえり、がらんと無人になった、タイスの町に——

無人であるから、誰も見ているものはない。その、誰も見るものもない、波止場に、ちろり、と、奇妙な影が動いた。

その影は、丸くて、黒く、そして、二つの目を持っていた。きらり、とその目が丸い黒い頭のなかで光った。

だが、誰も見るものはない。ひるさがりのタイス港はしーんと、無人のまま静まりかえり、遠くオロイ湖の湖水が日をあびてきらきらと輝いている。

はるか遠くにはまだ、タイスとはあまり関係のない、対岸から漁に出ているグーバだろう、小さなゆらめく黒いものや、船の帆とおぼしい白いものも見えるし、航跡のきらめきも見えるが、タイス側の湖面はしんとしずかである。港にもやっている大小さまざまな船だけが、ゆらゆらと波にゆれているばかりだ。物売りの声も聞こえない。

そのなかで、丸い頭と光る二つの目をもつ小さな影が、ぬらり、と、埠頭に這いあがってきた——ひとつ、またひとつ。

だが、やはり誰も異変に気付いて騒ぎ出すものはない。その、無人と化したタイスの埠頭に、あとからあとから、黒い丸い頭をもつ奇妙な小さなずんぐりした人影が這い上がり、そして、おどろくほどのすばしっこさで、陸の上を走りはじめるのも、やはり見ているのは、タイス港の上空を闘技大会など我関せずと飛んで下の魚をねらっている淡水かもめばかりだった。

二つ、三つ——十。そして、十三、十四——二十、と、その、這い上がってくる黒い丸い人影はふえてゆく。それは、互いに目くばせをすると、おどろくほどのすばやさで、さっとまるで奇妙な虫かなにかでもあるかのように、陸の上を走りはじめ、あらかじめどこにむかうかは熟知しているとしか思えぬ確実さで、タイスの町なかへ散っていった。

だが、最初の一群がそうやって散ってしまうとまた、ぬらり、と、港の岸壁から、丸い頭がのぞき、光る目があたりの気配をうかがう。

そうして、また、ひとつ、ふたつ、三つ——その人影が陸上にあがると、また目くばせをかわしてうなづきあい、奇妙な虫のようにさっとばかりにタイス市内へ散ってゆく。

いや、波止場だけではなかった。

奇妙なことがおきていたのは、紅鶴城もまた同じであった。

紅鶴城こそ、まったくの無人に近くなっている。これほど広大な上に入り組んだ構成になっている城であるから、あれだけ大勢の使用人がひっきりなしに往来していてこそ、秩序も警戒も保たれている。だが、いまは、その大半が、おのれの職場を放棄して、市内の大闘技場へとこっそりむかっていってしまっているありさまだ。紅鶴城のいたるところが、がらんと無人のまま放置されている状態になっている。

その——

誰もおらぬ城のあちこちでやはり、奇怪な出来事がおこりはじめていた。

がたん、と音をたてて、あるいは音ひとつたてぬまま、いろいろな部屋の床板が、下からおしあげられ——地下牢へあわれな囚人たちを落とすあげぶたがあいた。

そこから、またしても、丸く、光る二つの目をもつあやしい黒い小さな影が、ぴょこり、と頭をのぞかせる。

紅鶴城の各室は、タイスの路上よりもいっそう森閑としずまりかえってひっそりと無人である。

それを見定めると、あげぶたからのぞいた黒いあたまは、ぴょこり、ぴょこりと、その落とし穴から這い上がってきて、ふうっと深い吐息をもらした。それから、もう一度あげぶたのあいた穴をのぞきこんで手招きのようなことをすると、あとからあとから、ぴょこり、ぴょこり、と丸い黒いあたまがあらわれる。

だが、埠頭の岸壁からあらわれてきた怪物たちと微妙に違うのは、こちらからあらわれてきた連中は、これは明らかにれっきとした人間であった。

ただ、黒い長いマントをまとい、フードをしっかりと頭に結びつけているので頭があの怪物同様に丸く見えたのだ。しかし、陸の上を虫のように這って急いでタイスの町なかに散っていった奇妙なずんぐりと小さな連中に比べると、こちらはずっと背も普通人なみにあるし、それに、マントの下からちらりとのぞくのは、長短さまざまあれども、物騒な剣である。かれらはみな、武装していた。

いたるところから、あげぶたからあらわれたその黒マントの一団は、そっと無人の各部屋のドアをあけて廊下に出ると、同じく廊下のドアから出てきた連中に小さく手をふって合図しあい、そして寄り集まった。あっという間に、かれらは、一番下の階の廊下にぎっしりとかなりの人数が集まってしまった。

そのまま、その先頭にいた、かしらだったものがかるくあごをしゃくり、手で合図すると、かれらは身を低くして敏捷に走りだした。無人とはいえ、もっとも運の悪い連中だけが、このあとはじまる饗宴の支度のために、ぶつぶついいながら居残っている。不平たらたらで酒をとりに出てきた台所女が、このありさまに出くわして、あっと叫んで棒立ちになったその瞬間、先頭にいた黒い影の峰うちがあざやかに決まり、台所女は声もあげずにそこに気絶して崩れおちた。

すばやく、二、三人のものたちが、運の悪い女の手足を縛り上げ、口にさるぐつわをかませると、小部屋のドアをあけて、その中に放り込み、ドアをしめた。そのまま、なにごともなかったかのようにひたひた、ひたひたと、かれらは紅鶴城の中を突き進んでゆく。

かれらは、この複雑に入り組んだ城の構造を熟知しているようすであった。かれらはまっしぐらに、奥の、タイス伯爵の居住地域、そして賓客たちの泊まる地域を目指しているようであった。

ひたひた、ひたひたひた――

タイスの町にも、紅鶴城にも、あとからあとから、これほど多くのこのようなあやしいものたちがひそんでいたのか、と目を疑うほど、その黒い小さなぶきみなものたち、黒いあやしい武装したものたちは、岸壁を這いのぼり、あるいはあげぶたから首を突きだして、あらわれてくる。そうして、あとからあとから、ひたひた、ひたひたと、かれらは目的の場所めがけて、まるであやしい虫かヘビかなにかの大移動のように、タイスをうごめいて移動しはじめていた。

まだ、タイスは、異変に気付かない。ただひとりそれに遭遇した台所女もとっくに声もなく気絶してしまった。もっとも何人か、さすがにからだが動かないような年寄りは人混みをさけて、自分の家の二階から街路を見下ろしていて、この、白昼の、無人の街路をひたひたと侵してゆく、夢魔のような黒い集団を発見し、仰天したものもありはした。だが、かれらがいったいこれはただの夢か、白昼のまぼろしかと何も決められずにいるうちに、それらのあやしい黒い集団は、ひたひた、ひたひたと、タイスの街路を抜けて、道をまがっていってしまい、あとには、何も残らない、無人の昼下がりだけが残った。太陽の光が、なんとなく濡れて光ってナメクジ《ヌララ》が通ったあとのように見える街路の上にむなしく落ちている。その濡れたあたりがきらきらといたずらに輝いている。オロイ湖の湖水も、きらきらと何も知らぬげに輝いている。それはまさしく、白昼の異変であった。

だが、かれらは、大闘技場の周辺にはまだあらわれていなかった。

それゆえに、大闘技場を埋め尽くした大観衆、大闘技場の周囲を十重二十重にとりまいている大群衆は、誰ひとりとして、かれらの知らぬところでそのようなあやしい異変がおきつつあることなど、知るすべもない。

しかし――

大闘技場にもまた、異変がおきていた。

「ああ――」

「あれは……」

「あれは――まさか……」

粛々と、ガンダルの遺体が運び去られ、ただひとり――いや、救護隊員とブランとに見守られていはしたが――グインが左肩を白く分厚く包帯に包まれてそれを見送った、大闘技場の白砂の上。

ガンダルの血と、グインの血とが混ざりあって流れたその闘技場の白砂の上に、日をあびて、ふわりと西の戦士の門からあらわれ出た《者》。

それは、真っ白なマントと、光り輝く銀髪、そして、純白のいでたちに、目のところには日除けの黒い帽子のつばのようなものをつけているのがひどく目立つ、すらりと長身のすがたであった。

だが、それは、大勢の観光客たちにはいざ知らず、タイスの民にとっては、決して見知らぬものでも、見慣れぬものでもなかった――だが、あやしくない、とは云えなかっただろう。

いや、だが、毎年この水神祭りの闘技大会を楽しみにしている常連たちにとっては、決して、タイスの民でなくとも、見たこともない存在とはいえなかった。

「あれは……マーロールだ……」

「間違いない。――だが、《白のマーロール》が、なぜ、ここへ……こんなところへ……」

ざわざわ、ざわざわ、ざわざわ――

ガンダルの荘厳ですらある死の光景にうたれ、そしてその遺骸が運び去られてゆく情景に胸うたれてしいんとしずまりかえっていた闘技場の観衆たちのあいだに、今度は、まったく異質なざわめきがひそやかに、だが確実にひろがってゆく。

まさしく、だが、それは、《白のマーロール》であった。

日頃、目が弱いので、太陽の光が強烈なひるさがりや午前中にはほとんど人前に出ることもないとされるマーロールだ。それだけにその額につけている日除けは、おそらくどうしても必要なのだろう。

だが、その日除け以外は、すべてが、《白のマーロール》の名に恥じぬ純白であった。その滑らかな肌も、背中までゆたかに波打つ銀髪も。

そのすがたは、大闘技場の白砂のなかから生まれ出てきたかのようにさえ見えて、文字どおり白く輝いていた。すたすたと、闘技場の真ん中の「マヌの丘」へと歩み出てゆくマーロールの足取りは自信と確信とに満ちており、それが、なにごとかとけしきばんで身をおこそうとした大会の運営委員会のものたちや、警備の騎士たちを一瞬たじろがせた。

マーロールは、西の門よりかなり中央よりのところで、担架の上で上体を起こしていたグインのかたわらに寄ると、グインとちょっと目をみかわした。グインのトパーズ色の目がかすかに細められる。マーロールは、グインのその目を見つめてかすかに微笑み、大きくひとつうなづいた。

そのまま、かれは、包帯で包まれた、深傷をおったグインの肩にいたわるようにそっと手をふれ、そして貴賓席のほうを向き直った。

「マーロールは……何をするつもりなんだ……」

「待て、しずかにしろ。マーロールが何か云おうとしている……」

ざわざわ、ざわざわ、ざわざわ——

またしても、観客席に動揺とささやきがひろがる。

ガンダルの壮絶な死に涙にかきくれていた御婦人も、クムの栄光の最後に胸をうたれていた男たちも、あらたな興味をそそられて、マーロールのほうを注目した。

マーロールは、それをすべてこころえているかのように、ゆっくりと、おもむろに、その長い両腕をあげた。両側に大きく手をひろげ、さながら、この大闘技場を埋め尽くしたものたちすべてに訴えかけるかのように、両手をさしのべてみせた。

もともとマーロールはすらりとして、均整がとれている。その上に純白のマントと銀色のゆたかな髪の毛がふわりとひろがって、マーロールはまるで、白砂の上に降り立った一羽の白い巨大な鳥のようであった。

「どうしたんだ……」

「静かにしろ。静かに……」

ざわざわがしだいにしんとしずまりかえり、ついにはこれほど巨大な大闘技場がしいんと静まるまで、マーロールは両手をさしあげて、「自分の訴えをきいてくれ」という身振りを続けたまま、待った。

ついに、だが、大闘技場がしいんと静まりかえると、マーロールは、おもむろに、貴賓席のほうにむかって一歩すすみ出て、そしてひどく優雅に一礼した。

マーロールもまた、まだ先日のグインとのたたかいでの負傷が回復しきっておらぬはずだ。だが、もう、おそらくは服の下で包帯しているだけになったのだろう。腕を吊ってもおらず、また、その一点のしみもない純白のよそおいには、どこにも、鮮血の色ひとつなかった。

「タイスのひとびとよ。タイスの市民たちよ——そしてタイスに、水神祭りをともにことほぐためにおとずれたすべての者達よ！」

マーロールのよく響く声が、しんとしずまりかえった大闘技場のすみずみにまで、風にのって通っていった。もともと、大闘技場は、戦いや表彰式の物音や声がよく通るように設計されてもいるのだ。

「また、敬愛するクムの支配者、タリク大公閣下と、その重臣の諸卿よ！　なかにはお初にお目にかかるものもおられるかもしれぬ。わが名はマーロール、昨年度水神祭り闘技大会レイピアの部の闘王。今年は負傷のため、闘技への参加は辞退しているが、これまでいくたの栄光あるマヌの闘冠を勝ち得てきた。そのわが栄光ある戦歴にお心をかけられ、いま、しばらくのあいだ、ここ、この場で、ひとびとの耳を、わが言葉に貸していただくことを、お許し願いたい」

「なんだって？」

「マーロールは、何を言い出そうというんだ？」

ざわざわ、ざわざわ、ざわざわ——

またしても、観客席に、湖の嵐のまえぶれの高波のようなざわめきがひろがる。

だが、それもまた、

「しッ！　静かに！」

「聞こう。マーロールのいうことを聞くぞ！」

という制するささやきにしずめられていった。

「まず申し上げたいのは、私がここにこうして立って、僭越にも口をひらいているのは、決して、個人、マーロールとしてではない、ということだ。――諸君はご存じであるだろう。闘神マヌの最大の祭典、この水神祭り闘技大会で、花形とされる大平剣の部の最終戦に勝利をおさめ、四大闘王の頭とみなされる大闘王となった闘技士は、なんであれ、その希望を申し上げ、そしてそれをかなえてもらえることがこれまでの恒例になっている。他の闘王たちもそれぞれひとつの希望をかなえることを許されるが、大闘王たちはさらに大きな希望をゆるされることが恒例だ。――私は、今年は闘王ではない。だから、私には、ここで、『私のことばをきいてくれ、私のことばに耳を傾けてくれ』ということを、私の闘王としての権利とする資格がない。だが……」

マーロールは、しんとなったまま耳をかたむけ、懸命にすべてひとことことして聞き漏らすまいとしている観衆たちにまた手をさしのべた。

「私はいま、レイピアの部の前闘王としてここに立っているのではない。私は――私は、たったいま誕生した大平剣の部大闘王、新しい大闘王グンドにかわり、その代理人としてここに立っているのだ！」

「なんだって」

「マーロールは何をいってるんだ……」

「いったい、なんで、マーロールが、グンドの代理人なんだって？」

「そんなばかな。だってあいつはグンドに負けたんだろう」

またしても、ざわめきがおきる。こんどのざわめきは、前よりも大きかった。

だが、それは、マーロールが大きく手をあげると、マーロールのことば聞きたさにしずまった。誰もが、マーロールがなぜこんなことをはじめたのか、いったいどうしようというのか、ひどく好奇心をかきたてられていた——それは、貴賓席で思いがけない展開に身を乗り出していたタリク大公でさえ同じであった。

「白のマーロールなら、知っているとも。去年の闘技大会でもその活躍ぶりを見た」

思わず、タリク大公は声に出して云った。

「そうだろう、エン・シアン。マーロールの名はルーアンだって有名だ。だがなんでいま……」

「これは私が勝手にそう決めていることばではない。私はグンドに頼まれて動いている——なぜなら、グンドは見てのとおり大怪我をおい、自由にその希望をのべることもまた出来ないからだ！」

マーロールはグインを指さした。

「そうだな、グンド——お前が私を代理人に指定した。そうだろう」

人々は、重傷をおって辛そうにそこに座っていたグインが、かろうじて、ブランに手をかしてもらって立ち上がり、そして、マーロールのことばにいつわりはない、と示すために、マーロールの肩に手をかけ、大きくうなづくのを見た。

そうやって、並んで立ち、ことに肩に手をかけたりすると、グインとマーロールとの体格の差は、さきほどのガンダルとグインの体格の差どころではなかった。それは、まるで巨大な岩と、ほっそりした白い花が並んで立っているようにさえ見えた。マーロールはグインの肩までほどしかなかったし、横幅にいたっては、白い長いマントとゆたかな銀髪でずいぶんと誇張されていてさえ、半分もなかっただろう。

「立っているのは辛いだろう。また、やすんでいてくれ、グンド」

マーロールはグインをいたわった。グインはうなづいて、力つきたかのようにまたすわりこむ。人々はそれを心配そうに眺めた。グインが、応急手当だけは受けたとはいえ、あれだけのふかでを受けて、このままここにこうしていては、出血で死んでしまうか、死なぬまでもひどく弱ってしまうのではないかとおそれたのだ。もはや、ガンダルなきあと、グンドこそが、クムにとっては新しい伝説、新しい英雄にほかならなかったのだから。

「この男グンドはタイスの栄光を背負って、これまでの二十年にもわたって水神祭り闘技会のみならず、クムのすべての闘技会に君臨した伝説の闘王、ガンダルと戦った。そしてふかでを負った——だが、ついに彼はガンダルをたおした。これまでいまだかつて倒したもののいたためしのなかったガンダルを倒し——その栄光の生涯に終止符をうたせた。そして、新しい大闘王となった。大闘王グンド——彼が、これから、クムの英雄だ！」

おおーっ、という割れんばかりの叫び、熱狂の歓呼がおきて、大闘技場をゆるがした。外で待っているものたちにとってはいよいよ、いったい中で何がおきているのか、気の揉めるなりゆきに違いなかった。

「その、グンドからの、大闘王として当然の希望をぜひともひとつだけ、どうあってもきいていただきたい、とかねて頼まれていたので、私はこうして僭越ながらグンドにかわり、この場に出てきた。私の願いをきいていただけようか。それは、すなわち新しい大闘王、ガンダルを倒した大闘王グンドの願い、ということなのだが」

なんだ、なんだ——グンドの願いはなんだ、というようなざわめきが、またいっせいにおこる。

だがまた、マーロールが手をあげて制すると、人々はぴたりとしずまった。いまや、人々は、マーロールの思い通りに動かされる、無数の人形遣いの人形と化しはじめているかのようであった。

3

「新しい大闘王グンドのたっての願い——それは、なんであるかというに……」

マーロールはまた、おのれの声が隅々まで届いているかと確認するように、大観衆を見回した。

と、見たとき。

かれは、ほっそりしたからだを敏捷にひるがえし、マントをひらめかせながら、突然、貴賓席に向かって走りだした。

またしてもマーロールの行動をひとびとは理解しかねた。唖然として見守るひとびとの目の前で、マーロールは驚くべき速さで貴賓席にたどりつくなり、左肩からするりと、いつもかけている例の鞭をぬきとり、それをひらりと繰り出した。

「わっ！」

一瞬、銀色の長い蛇がするすると飛びだしたかと見えて、人々が息を呑んだとき、その鞭の先端を貴賓席の一番下の手すりにひっかけ、それを支えにして、マーロールはひらりとばかりに、貴賓席の下の審判席をおどりこえて、その上の貴賓席のボックスへと飛び込んでいた。

「何を……」

「な、何をする。マーロール」

驚愕の声を歯牙にも掛けず、そのまま、鞭をしゅっとおさめざま、マーロールは貴賓席に飛び移っていた。ずかずかと、マーロールはタリク大公の真正面へと歩み寄った。

いまや大観衆は目玉が飛び出さんばかりの驚愕の表情で、ただひたすらマーロールのすることとなすことを見守っている。それは、貴賓席を埋めているタリク大公とその側近たち、そしてタイス伯爵とその重臣たちでさえ同じであった。虚を突かれたあまり、警備の騎士たちでさえただ啞然としているばかりだ。そのなかで、マーロールは、白いマントをひるがえし、あでやかにふわりとタリク大公の前に膝をついて、優雅に支配者への臣下の礼をした。さすがにこれだけのぎゅうぎゅうづめといっても、このあたりの、最高の貴賓たちの席だけは、当然のことながら、ロイヤル・ボックスとしてゆったりと組んであったのだ。

「わが敬愛するクムの支配者、タリク大公閣下。タイスの闘技士、レイピア部門昨年度大闘王、マーロールより御挨拶を申し上げます」

マーロールは涼やかな声を張った。タイス伯爵が仰天したように腰を浮かせようとする。

「マーロール。無礼であろう、いきなりその……このようなところへ……」

「ただいま申し上げましたとおり、わたくしは、このたび大闘王ガンダルを倒し、クムの新大闘王となったグンドなるものの代理としてここにこうしております。わたくしが、グンドの大闘王戦勝利の恩賞の希望を申し述べること、お許し願えましょうか」

「……」

タリク大公は、声も出せぬほど仰天していた。

それに、正直いって、それほど胆っ玉のすわっているというほうでもない。最初は、マーロールが電光のような素早さで貴賓席に飛び込んできたので、さすがに体面上悲鳴こそあげはしなかったが、内心は、さてはおのれが暗殺されるのかと腰を抜かしていたのだった。それだけに、マーロールのその優雅なお辞儀と、そしてその丁重なことばをきくと、大公のおもてには明らかにほっとした表情がうかんだ。

内心はむろん、長年クムに君臨した、ルーアンの英雄、ガンダルがついに壮絶なさいごをとげ、マヌの大闘冠はついにルーアンからタイスへ、タイスの長年の悲願をかなえることになったのだ。面白かろうはずもないし、また、ガンダルの死に相当に動揺してもいたが、さすがに、それをおもてにあらわすことは出来なかった。それらのさまざまな複雑な思いが入り交じったなんともいわれぬ表情のまま、タリク大公は、目の前にすらりと立っている、純白な大天使さながらのマーロールのすがたを見上げた。

「よ――よかろう」

だが、うしろでエン・シアン宰相が、（しっかりしなさい！　皆の前ですよ！）と叱りつけるように低く咳払いするのをきいて、ようやく、唇をなめ、これもかろうじて咳払いして口をひらいた。

「このような異例のこと、いまだかつてためしなき非礼ながら、大闘王となったグンドの代理というならばいたしかたもあるまい。グンドの希望というを、述べてみよ。マーロール」

「かたじけなきおはからい、このマーロールいくえにも御礼申し上げます」

マーロールは凜と声を張った。

「あれなる新しき大闘王グンドの切なる願い。それはただひとつ」

ふいに、マーロールは、すらりと腰のレイピアを抜きはなった！

「わあッ」

「な、何をするか！　慮外！」

「衛兵――衛兵！」

わっと重臣たちがいろめきたつのを制するように、マーロールはそのレイピアをきらりとかえして、まっすぐにその先端をつきつけた――

タイス伯爵タイ・ソンの胸もとへ。

「新大闘王グンドの願い。それはただひとつ、タイス伯爵タイ・ソンどのの裁きをお願いしたい！」

「な、な——なんだと？」

仰天したのは、タイ・ソン伯爵であった。

ついに長年の執念かない、ガンダルを倒した喜びに、タリク大公の手前あまり露骨に狂喜乱舞することもできぬながら、内心半狂乱に歓喜していたところだ。それへ、おのれが小屋主としてかかえているマーロールの異例の登場も、そしてこの貴賓席への乱入も、タイス伯爵の予想もしなかった事態であった。

そこへもってきて、こんどはこのことばだった。タイス伯爵は目を大きく見開いたまま、驚愕にことばを失った。

その顔を、マーロールは冷ややかに見おろした。

「タリク大公閣下にお願い申し上げる。公平なるお裁きをお願いしたい。われら、昨年度レイピア部門闘王マーロール、そして今年度の大闘王グンドの願いはただひとつ、タイス伯爵タイ・ソンの長年にわたる極悪非道の悪事をあばき、それへの公正なお裁きが下されんことを！」

「な、な、何をいうか。マーロール、気でも狂ったか」

タイ・ソン伯爵の言語中枢はようやく回復してきた。

まだ唖然としながらも、いきなりおのれの席で飛び上がり、怒りのあまりどもりながらマーロールに指をつきつけ、その手をふりまわした。その顔はみるみる怒りに真っ赤に染まってきた。

「いったいわしの悪事とは何のことだ。わしは何ひとつ悪事なんか働いた覚えはないぞ。いきなりやぶからぼうに何をぬかす。そもそもきさまはわしのかかえる闘技士ではないか！　小屋主にむかって何をほざくのだ。気でも狂ったのか。そうだ、そうにちがいない。気が狂ったのだな」

「私は気が狂ってもおらぬし、グンドもまた同じく」

マーロールは静かに云った。が、ふいに、うしろをふりむきもせずに、強い警告を発した。

「動くな！　私に忍び寄って拘束しようなどとしても無駄だ。私のレイピアがどれだけ早いかはお前たちは知っていよう。私に手をかけると同時にお前たちのあるじタイ・ソン伯爵ののどもとをこのレイピアが貫くぞ！」

そろそろと、貴賓席に両側から忍び寄り、マーロールをとりおさえようとしていた警備の騎士たちが硬直した。まさしくそのマーロールの脅迫は、そのとおりであることを、誰もが心得ていたのだ。マーロールの剣技については、誰よりも、タイスの人々が一番よく知っている。

タイ・ソン伯爵はにがい顔をして騎士たちにむかって首を横にふってみせた。騎士たちは貴賓席の入口のところで、進退に窮したようにひかえている。

マーロールはもうそちらへは注意を向けようともしなかった。

「敬愛するクムの支配者、われらクムの民すべての模範たるタリク大公閣下に申し上げる。この男はタイス伯爵として長年、タイスに君臨し、その残虐非道と無法とによってタイスの市政を私してきた。タイスとてもあくまでもクム大公国の統治下にある一都市にすぎぬ以上、この都市の法も治安もまた、最終的にはタリク大公閣下のご判断の下、クムの国法のもとに維持されるべきものである筈、そうではあるまいか？」

「それは……そのとおりだ」

タリク大公はうろんそうな顔でまだマーロールをじろじろと見ながら答えた。

だが、タリクは、どうやらマーロールの攻撃目標がおのれではない、と察したので、その態度はよほど落ち着いてきていた。同時に、そのおもてには、いささかの興味がわきあがってきていた。

「レイピア闘王マーロール。そのほうはこのような異例なかたちで直訴に及んだが、当然、それは、そのほうが代理人だと称するグンドにかかわる訴えであろうな？」

「むろん」

マーロールは落ち着いて云った。

「最終的には、これはグンド当人による訴えにほかならぬ。だが、その以前に、私自身もまた、タイス伯爵タイ・ソンによる大きな被害を受け、迫害され、いつか必ずやタイ・ソン伯爵がその悪事の当然のむくいとして裁きを受けることをずっと願ってきた者であることも申し上げねばならぬ。——この男は、おのが居城紅鶴城において、数知れぬ、まったく罪なき無辜の市民、良民、それのみならず外部からの旅行者をも虐殺し、その死体を放棄した。それらの死体はみな、地下の水牢に捨てられ、魚の餌とされた。その伝説については、クムの国民ならばだれしも耳にされたことがあろう。タリク大公閣下もまた同じく、タイス、紅鶴城の地下牢について何者かがお耳にいれたことは必ずあるはずとこのマーロールは考える」

「そのようなこと……」

タリク大公が落ち着きを取り戻してくると同時に、タイ・ソン伯爵もまた、ようやく多少落ち着いてきた。この意外ななりゆきにかなり動転はしていたが、やはりタイス伯爵のほうが、年期の入った悪党ではあった。

「確かにこのタイスには名高い地下牢があり、そこであまたの処刑が行われていたことは、これは何もタイス伯爵たるそれがしの代にはじまったことにはあらず。そもそもこの地下牢を創り出したのは、第十代タイス伯爵、《拷問伯》と渾名されたわが祖先タイ

・ゴワンであったことはタイスの史書にも知られるとおり。いまさら、この期に及んでそのようなことをむしかえし、おのれはいったい何を直訴しようというのだ。マーロール」

「私はこの男の手によって、生まれる前に水牢に落とされた人間だ」

マーロールは静かに云った。

すでにマーロールは大声を張って闘技場じゅうの大観衆におのれの訴えを通させようとするのをやめていた。それゆえ、マーロールの声は、貴賓席の周辺のものたちにしか聞こえなかった。

その、周辺の席のものたちが、だが、となりの席にささやき、そのとなりのものがまたさらにその隣へとささやき――そうやって、大観衆にマーロールのことばが次々と伝わってゆくたびに、さざ波のような動揺とささやきが、大闘技場にひろがっていった。まだ、誰ひとりとして席を立とうとするものはいなかった。誰もが、ことのなりゆきに驚き、どうあってもそのてんまつをさいごまで見届けてやろうと考えていたのだ。

「なんだって」

「私の母はタイス伯爵タイ・ソンの寵姫であった。だが、彼女はタイス伯爵妃の怒りをかい、讒言《ざんげん》にあって、タイス伯爵の寵を失った。そしてタイス伯爵はその妻が、おのれの寵姫を地下牢に投げ落として殺害することを許したのだ。そのとき、そのあわれな女はみごもっていた」

「何だと……」

タイス伯爵が、突然、目をむいて飛び上がった。

「なんといった。私の母はタイス伯爵の寵姫？　まさか、では、お前は……」

「私の母はルー・エイリン、きさまによってむざんに苦しめられ、殺された女だ」

マーロールはいまはじめてあかすおのれの出生の秘密を、口にするのもにがにがしい、というように静かに云った。みるみるタイス伯爵の顔が蒼白になった。

「何だと。ルー・エイリンの子だと。では、だが――何だと。なんという――そ、それでは、お前は……まさか、お前は……マーロール、お前は……」

「タリク大公閣下に申し上げる。私はおのれのまことの父によって、母もろとも殺害された幽霊だ」

マーロールはタリクを正面から見つめた。

「おのれの父と、そしてその妻とによって。だが、私は死ななかった。私は地下牢のなかで母によって産み落とされ、そして母は地下の水牢のなかであえなく狂死した。私は地下牢のなかで育ち――そして……」

「嘘だ」

目を飛び出すほどひんむいて、タイス伯爵が絶叫した。

「そんなことは嘘だ。あの地下牢に落ちて、生き延びた人間などいようはずもない。そんなはずはない。あの地下牢に投げ落とすのはもっとも確実な死刑の宣告であったはずだ。お前は嘘をついているのだ、マーロール！」

「私がここにこうしていることそのものが、私のことばが嘘いつわりではないという何よりの証拠だ、タイ・ソン伯爵」

マーロールは静かに答えた。

「だが私は生まれおちたときから、太陽の光というものを浴びることもなく、知ることもなく育った。私が、いかなるものたちによって育てられ、無事にひととなったかについては、あまりに数奇でもあれば、信じがたくもあるゆえ、いまは多くを語るまい。だが、その太陽の光を知ることのなかった、その結果が、この私の、色素を得ることのなかった髪の毛であり、この異様に白い肌と、そして太陽の光にたえられぬ目の弱さをもたらしたのだ。私は、わが母ルー・エイリンを殺害し――この私をも生まれおちるより以前に殺害した罪により、タイス伯爵タイ・ソンを告発するものだ」

「何をいうか。何をいうか、何をいうか！」

タイス伯爵は一瞬茫然としていてから、それから爆発した。

「何を下らぬことを――この栄えある闘技会の大詰めで、このようなつまらぬ茶番で、大事な表彰式をさまたげようというのか。狂ったな、マーロール。よしんばきさまがそのような不幸な生い立ちをもつものだとしてもかまわぬ。それはのちほど、そのきさまのうらみ節をきいてやりもしよう。だが、そんなことと二度とこないこの水神祭り闘技大会の決勝とにいったい何のかかわりがある。みな、忘れてしまったのか。ガンダルがたおされたのだ。ガンダルがついに敗れ——そして壮絶な死をとげた。そしてついにタイスのグンドが大闘王の座についたのだぞ。これにまさる大事件があるか。その前に、きさまの生い立ちなど……そんなどうでもよいくだらぬこと……」

「その、グンドからの告発が、すなわちグンドの大闘王としての願いなのです」

マーロールはタリク大公に向き直った。

顔を真っ赤にしてまだ何か叫ぼうとしているタイス伯爵など、相手にもせぬ、というおももちで、タリク大公に向かって云う。

「グンドは申しております。どうか、妻をかえしていただきたい。妻、すなわちグンドの妻でありますが、この者はもともとグンドの大道芸人の一座の衣装係をつとめていた女で、グンドとのあいだに子どもまでなしております。タイ・ソン伯爵はまったく何ひとつ罪とがなきこのグンドの妻を、無法にも拉致し、そして拷問にかけ、そして闇にまぎれて地下の水牢に投じて葬りました。グンドとその女のあいだの子どももそれきり行き方知れずになっております。グンドの願いとはただひとつ、『妻ローラを返していただきたい』もしもそれがかなわぬときは、『妻ローラを罪なくして殺害したとがにより、タリク大公閣下に、タイス伯爵タイ・ソンを裁いていただき、哀れな妻のために当然の罪のむくいをタイ・ソン伯爵に下していただきたい』という、ただそれだけであります」

「な……な……」

こんどは――

蒼白になって、目を白黒させたのは、タリク大公であった。

むろん、お察しのとおり、タリク大公には、その名前に充分すぎるほどの心あたりがあったのだ。

「何だと！」

タリク大公は、いつものようにエン・シアン宰相の指図や忠告など、まったく待っていようとさえしなかった。

「いまのは本当か。もう一度いうがいい、マーロール。いま、なんといった」

「この男は、グンドの妻ローラを拉致し、紅鶴城の地下の拷問用の室に連れ去り、そこでさんざんに拷問を加えた上、ひそかに殺害いたしました。哀れな女ローラは子どもからも、愛する夫からも突然罪なくしてひきはなされ、そして、拷問の責め苦にあわされた揚句、水牢におとされて哀れにもあえなく息絶えたのです」

「そ――そ――そ……」

今度こそ、タリク大公は、それしか、云うことが出来なくなったようであった。

エン・シアン宰相も、その反対側にひかえていたアン・ダン・ファン前宰相も、驚いたようにかれらを見比べるばかりであった――宰相や重臣たちにとっては、まったくこのあたりの事情は、わけのわからぬ話で、何がかれらの知らぬところで起きていたのか、かいもく見当がつかなかったのだから、無理もない。

「ローラ――ローラを……」

タリク大公は、口から泡をふかんばかりに動転してつぶやいた。

それから、ぺたりと、浮かしていた腰を落として、衝撃のあまり、また座席にくずおれてしまった。マーロールのことばが、脳裏に落ちてくるまで、何ひとつ考えることさえ出来ぬ、というような、呆けたような顔になっていた。

「でたらめだ」

タイ・ソン伯爵は叫んだ。

「何をしている。衛兵、こやつをひっとらえろ。とらえて、紅鶴城にひったてろ。こんなばかげた話で、かんじんかなめの表彰式がさまたげられてたまるものか。こんなやつの世迷い言のために――冗談じゃない。衛兵、騎士ども、何をしている。さっさとマーロールを捕えんか。いいか、マーロール、何を血迷ったか知らんが、もうきさまも終わりだぞ。もしもきさまが本当にルー・エイリンの息子なんだとしたら、こともあろうにきさまは俺の血をひいているということになる。そんなものが、いまこのときになってあらわれてきたりしては大騒ぎだ。ただちに糾明してやる。とことん、いったい何をたくらんでこのようなばかげた茶番を仕組んだのか、そのかげにはいったいどこのどいつが糸を引いているのか、糾明してやる。拷問にかけてやる——何があろうと、きさまを拷問にかけて、何もかもありていに吐かせてやるぞ。何をしている、衛兵、こやつをとらえろ。捕らえるんだ」

「動くな」

マーロールが叫んだ。そして、すっくと貴賓席の手すりに片足をかけて立ち上がった。

「お前たちも動くな。誰ひとり、動いてはならぬ」

レイピアをひらめかせ、マーロールは闘技場を埋め尽くした大観衆に向かってまた声を張った。

「タイス伯爵、もう覚悟を決めたがよかろう。誰もこの闘技場からは出さぬ。闘技場の外側の戸はもう、わが手の者が封鎖した。同時に、今頃はすでに同じくわれの手の者が、紅鶴城を占拠し、タイ・ソン伯爵の居住区を制圧している。かれらがすべてお前の積年の悪事の動かぬ証拠をおさえ、地下牢に積み上げられた数知れぬ死体と白骨とをタリク大公にお目にかけるだろう。美の都タイス、悪徳の都タイスのその長い悪徳と嗜虐と残酷との歴史がついにくつがえされるときがきたのだ。このときをどれほど待ったことか。

――もう、悪あがきしても無駄だ。タイス伯爵、タイスは我々《水賊》の手におちたのだ。つまらぬわるあがきはやめることだな」

「何だと」

タイ・ソン伯爵はほとんど意味もわからぬままに怒鳴った。

「何だと。何をいうか。何をいう、この――この……ろくでなしのごくつぶしめ……」

「ローラを……」

その、とき――

ようやく、タリク大公は、そのときになって、ものを感じる能力も、また、マーロールのことばを理解する能力をもやっとのことで回復したように見えた。

みるみる、そのおもてはこれ以上なれぬくらい蒼白になってゆき、大公は、よろめきながら、豪華な玉座の椅子の手すりをつかみしめて立ち上がり、マーロールにむかって二、三歩駈け寄ろうとした。

「大公閣下！」

あわてて、エン・シアンがそれをとどめようとする。その手を、タリクはふりはらった。

「なんといった、マーロール。もう一度……まさか、まことではないのだろう。嘘だといってくれ。嘘だろう？　嘘なのだろう？　ローラが――あの女が、死んだ？　殺された？……タイ・ソン伯爵の拷問室で……さんざん拷問にかけられて、ころさ——殺されてしまった？　そんな——そんなことが——そんなばかなことが……」

「残念ながらそれはまことでございます、大公閣下」

すばやく、マーロールが叫んだ。

「ローラはむざんにも殺されました。夫たるグンドはさきほどまで、妻がその小屋主のあまりにも身勝手な陰謀によって殺害されたのさえ知らされずに、おのれのいのちをかけて闘わなくてはならなかったのです。あまりにもグンドが気の毒で、私が盟友として、このことを知らせにやってまいりました。ローラを殺したのはこの男です」

マーロールは、手をあげ、かなり芝居がかったしぐさで、まっすぐにタイ・ソン伯爵を指し示した。

「そんな……ばかな……ローラが……」

タリク大公は呻くような声をあげた。そして髪の毛をかきむしり、かぶっていた大公冠を下に落としてしまったのも気付かなかった。

「待て、マーロール。その女というのは……グンドの妻というのは……あの、衣装係のローラで間違いないのだな？　そのローラというのは、あのローラだな？　小さくて、つつましやかで、おとなしやかで、しとやかな……可愛い女だ。おお、どうか、あの女が、そんなむごい目にあって殺されたなどと云わないでくれ。そんなはずがない。そんなむごいことが、この世にあっていいわけがない！」

大公は呻いた。みるみる、その目に、涙が噴き出してくるのを、周囲の人々はまったく事情がわからぬまま、茫然と見つめていた。

4

「まさしく、その女にまぎれもございませぬ」

マーロールはすかさず云った。

「タイ・ソン伯爵はあの小さな、抵抗するすべもない女をむざんにも拷問にかけた揚句、殺害してしまったのです。それも、その夫には、ガンダルとのたたかいという、命をかけたたいへんな試練にかりだすために、極秘にしておきながら。グンドも激怒しております。何のためにおのれはガンダルを倒すことにいのちをかけたのか、おのれの忠誠はこのようなかたちで裏切られたのかと。――その女を殺したのはタイ・ソン伯爵ばかりではございません。タイ・ソン伯爵の娘アン・シア・リン姫もまた、その女を拷問するのに手をかしたということです」

「おお！」

タリクは絶叫した。突然ほこさきをむけられて仰天したアン・シア・リンが物凄いオレンジの衣裳をひきずって腰をうかせる。その目がまんまるく見開かれていた。

「あたしが何をしたっていうのよ！」

アン・シア・リン姫はいささかあられもなく絶叫した。

「おお、なんてことだ！」

タリクは力なく、両手で顔をおおい、そしてがくりとまた大公の椅子にくずれおちた。

びっくり眼のエン・シアンとアン・ダン・ファン前宰相が、顔を見合わせながら、すすみ出た。

「待て。待て、待て、待て、マーロールとやら。そのほうの告発ただごとならず、タイス伯爵タイ・ソンどのが、その居城紅鶴城において、無法な連続殺人をおこなっていたのみならず、その息女アン・シア・リン姫までも、それに加担していたというのだな。証拠はあるか。これは容易ならぬ告発だぞ。証拠はあるか」

「むろんございます。ただし、アン・シア・リン姫がすべての殺人に関与していたなどとはそれがしはまったく申してはおりませぬ」

落ち着きはらって、マーロールは答えた。

「アン・シア・リン姫が関与なされたのはそのグンドの妻ローラ殺しのみとそれがしは信じております。だが、そのほかにも、ルーアンにおいでの大公閣下及びその重臣の皆様がたがまったくご存じなきところで、タイスが暗黒の——タイ・ソン伯爵がほしいままに臣民の生殺与奪の権を握り、私刑をおこなうおどろくべき暗黒都市と化していたことは私のみならず、タイスの市民の多くが知るところでありまする。昨年ガンダルに挑戦して敗れた準優勝者たるサバスも、タイス伯爵の怒りにふれて毒杯を飲まされ、苦悶のはてのあえない死をとげました。このほか旅芸人ほかのものたちで、タイ・ソン伯爵のお気に召さぬゆえ、というだけの理由で拷問され、水牢におとされ、堀割のガヴィーの餌とされ、非業の最期をとげた者はその数を知れず——それゆえ、かつて美の都と呼ばれたタイスはいまでは恐怖の都、死の都とも呼ばれるようになりはてましてございます。これはすべてタイ・ソン伯爵の所業のいたすところ、何分ご公正なお裁きを願わしゅう存じます」

「……………」

エン・シアンとアン・ダン・ファンとは、思わずまた顔を見合わせた。とても正直のところ、そのようなことは、かれらはとっくに百も承知ではあったのだ。というよりも、タイスが「そのようなところ」である、ということ、タイスが一種の、クム内の治外法権の半独立の自治国家のような立場にある、ということは、ルーアンの施政者たちも、いやというほどわかっていることであった。

また、むしろ、クム大公家としても、タイス伯爵家がそのような無法な自治権を確立している、ということについては、問題とせぬわけではないながら、一方では、それによって、クム最大の観光都市であるタイスがまったく独自の治安をたもち、そしてクム最大の財源としての収入をも維持して、多量の税金を大公家にもたらしている、ということも確実に事実であったのだ。

それゆえ、それは、べつだんまったく知られておらなかったわけではなく、むしろ、いやというほど知られながらも、「目をつぶって黙認されている」というのが正しかった。少なくともタイスの壁のなかでおこなわれることについては、それがルーアンや、他の都市に及んでこないかぎりは、タイス伯爵の権限として見逃される――というのは、クム大公家とその司政機関とが、タイスからあがるきわめて潤沢な観光収入と見比べてひそかにゆるしていた、長年にわたる不文律であったのだ。だが、それがこのようなかたちで正面切って「タイス伯爵の不正」として告発されたのは、長いクム史上、またタイス史上はじめてのことであった。

そして、また――

「わかった……」

タリク大公、という問題が、かれら――宰相たちの前にはひかえていたのだった。

「わかったぞ。やっとわかった」

わなわなとふるえ出しながら、まだ若いクム大公は、髪の毛をかきむしって、叫びはじめていた。思いがけぬ激情が、若いタリク大公の心身を圧倒してしまい、もはやかれはここがどこか、ということも、これがどういう場所か、ということさえも、どうでもよく、あるいはわからなくなってしまったように見えた。

「やっとわかった。すべては陰謀だったんだ」

「閣下……」

心配して、アン・ダン・ファンがその大公に寄り添った。エン・シアンは、なおも、大公のななめ前に出て、タイ・ソン伯爵と、そしてマーロールとを等分にねめつけていた。

「陰謀とは？」

「なんてことだ。ああ、ぼくは一生自分自身を許すことが出来ないだろう。なんてかわいそうな――なんてかわいそうなひどいことをしてしまったんだろう。僕があの娘《こ》に悲運をもたらしたんだ。そんな残酷な――さんざん拷問されてだって？　さんざんに拷問を加えたあげく、地下の水牢に落として殺してしまった？　ああ、なんていうことだ。なんてことをするんだ――なんていう、酷いことを――ひどいことを……」

タリク大公にどのような欠陥があったにせよ、少なくとも、人間の情、ということについては、何の異常も見あたらぬようであった。タリク大公は、両手で顔をおおい、啜り泣いた。

「僕がしたからだ。僕が――アン・ダン・ファン、エン・シアン、きいてくれ。僕が悪かったんだ。すべては――彼女に、罪もない彼女に悲運をもたらしたのは僕だ。僕が彼女に一目惚れしたんだ。人妻だってことは知っていたけど、気にもとめなかった。それがグンドの妻だってことは、あまりぴんときてなかった。だってあまりにも彼女は清純で——まったく、そんな子どものいる人妻なんかには見えなかったんだ。僕は夜中の庭園で彼女に出会い、そして恋におちた……彼女も僕に好意を持ってくれたようにみえた。僕は……生まれてはじめての、本当の恋に落ちて……なんて短い、なんて悲しい——なんて不運な恋だったんだろう。そして僕はただ、彼女にそんなむごたらしい運命だけをもたらしてしまった！」

タリク大公は、しょうがなさそうにタリクを抱き寄せたエン・シアンの胸に顔を埋めて、さんざんに泣いた。

「閣下、そのように泣いてばかりおられては、何がなんだかさっぱりわかりませんぞ」

エン・シアンは困惑して云った。

「ともかく、われわれにもわけがわかるようにお話し下さいまし。では、閣下には、その、たったいまマーロールが話したことがらに、なんらか心当たりがおありになるわけですな？」

「あるとも！　ああ、なんてひどい運命を僕が彼女にもたらしてしまったことか！　あんなに可愛いのに——あんなに若くて、あんなに清純で、あんなに清楚だったのに！」

タリクは泣きわめいた。だがさすがに、エン・シアンに強く腕をつかまれると、やっとちょっと落ち着いた。

「僕が恋に落ちて、しかもおろかにもそのことを、ついつい口走ってしまったんだ。エン・シアンだって知ってるはずだ。僕がずっと——この水神祭りでこのタイスにやってきて以来、ずっとそのう、タイ・ソン伯爵とその令嬢から、令嬢を大公妃にめとれと迫られて往生していたことは」

「なんですって」

アン・シア・リンが柳眉をさかだてた。柳眉、というほどなまやさしいものではなかったが。

「往生って、どういうことですの。わたくしはただタリクさまに求愛しただけじゃありませんか。それが罪になるんですか」

「お前は黙っていなさい、アン・シア・リン」

何か迂闊なことでも口走られては、と閉口して、タイ・ソン伯爵があわてて云った。

アン・シア・リンはすごい目つきで父親をにらみつけた。そしてまた、

「あたしが何をしたっていうのよ！」

とわめくと、だがそのあとはちょっとおとなしくうずくまってしまった。

「もう一度きかせてくれ、マーロールとやら」

タリク大公はようやく涙をおしぬぐってマーロールを見つめた。

「それは間違いないのか。本当に、タイ・ソン伯爵とその息女は、闘王グンドの妻である、大道芸人一座の衣装係を殺してしまったのか」

「さようでございます。間違いはございません、閣下」

「その女の名はローラ、それで間違いないか」

「決して間違いはございません」

「この男は僕がタイスにきてからこっちというもの、ずーっと僕にこの女をおしつけようと画策しつづけていたんだ」

いまこそ復讐のときとばかり、タリク大公は叫んだ。エン・シアンとアン・ダン・ファンはまたしてもそっと顔を見合わせた。

「おしつけようだなんてひどい」

アン・シア・リン姫が叫ぼうとしたが、こんどはあわててとなりにいた妹がその袖をひっぱった。

「一度など、この女は恥知らずにも素っ裸で僕の寝床に忍び込んでいたんだ。おお、そうだ。そのことに仰天して僕は、タイスの恥知らず女どもに愛想をつかして外に飛びだし、庭園で夜の空気を吸って落ち着こうとしたんだ。そのときに、ローラに出会った。彼女はまたとないほど清純で清楚に見えて、僕は自分の探していたひとはまさしくこのひとで間違いなかったんだと確信した。――そうして、考えなしにも僕は、自分がついに愛するひとを見出したのだ、ということを、この恐しい人殺しの親子に告げてしまったんだ」

「…………」

また、アン・ダン・ファンとエン・シアンが、おどろくほど雄弁な目くばせをかわしあった。

「そうやって僕はそのとき、自分の愛する女性に残酷にも僕の手で死刑執行の命令を下してしまったのだ、ということなんかまるきり気がついてもいなかった。——だけど、間違いない。この女は、いやこの親子は、この女をクムの大公妃につけるために、僕のローラへの恋が邪魔だと思ったんだ。そうして、ローラさえいなくなれば僕を動かすのは思いのままだとたかをくって、そうして僕が恋する相手を消してしまうことに決めてしまったんだ。ああ、なんて——なんて残酷なことをするんだろう」

「それは、まことか。タイス伯爵タイ・ソン」

厳しい声で、アン・ダン・ファン前宰相が云った。

タイス伯爵はびくっとした——常日頃、タリク大公に対するタイ・ソン伯爵の態度というのはいささか非礼といいたいくらいに、見下したものがないでもなかったが、さすがに、このクムの屋台骨を長年にわたってささえてきたといわれるこのかつての名宰相に対しては、なかなか、一目おかないわけにはゆかなかったのだ。

「いや、その、それは……」

「云うがいい。それはまことか。そのほうは、そのほうの娘アン・シア・リン姫をクム大公タリク閣下の大公妃にと画策すべく、その邪魔となる、タリク閣下の想い人を――しかも人妻であるその女を闇に葬り去ろうとたくらんだのか」

「何条もって」

タイ・ソン伯爵は、くちびるをなめて、いささか申し開きをしてみることにした。

「そのようなことをこのわたくしが。そのような汚い方法を使わずとも、どちらにせよ、タリク閣下が我がむすめアン・シア・リンに結婚を申し込んでくださる光栄を得ることは、時間の問題だとそれがし信じておりました。なにゆえもって、そんな、たかがちっぽけな小女ひとり、わざわざ葬り去るような手間ひまをかけましょうや。そのようなことをせずとも、どちらにせよ、いずれ閣下のおぼしめしが下り、わがむすめアン・シア・リンはクム大公妃たるの栄を得られるものと私ども親子は確信しておりました。タリク大公閣下もそのようにおっしゃってまでは下さらなかったものの、ことあるごとにアン・シア・リンにあついご好意をよせて下さり、そうして……」

「嘘だ」

たまりかねたように、タリクが叫んだ。どうやら、ことは、いささか泥仕合の様相を呈してきはじめていた。そうと知って、エン・シアンとアン・ダン・ファンはまた困惑して目を見交わした。こんな、クム大公家と、そしてタイス伯爵家の内輪のごたごたなどを、これだけの大観衆――しかもそのなかには、外国から観光にきているものもたくさんいるのだ――の前でくりひろげるのは、宰相たちとしては、まことに歓迎できぬことであったのだ。だが、タリクはまったく黙ってはおられぬようであった。

「そんなのはまったくのでたらめだ。僕は一度として、アン・シア・リン姫を大公妃に迎えたいといったことも、いまに迎えようといったことだってない。だのに――」

「まあ、お待ち下さい、閣下。ことはなかなか重大な告発の様子を呈して参りました」

エン・シアンがなだめるように云った。

「このままでは――またこの場では、これだけの大観衆を前にして、こうしていつまでも話題にしているのもいささか問題かと存じます。ここはとりあえず、いったん場をうつし、あらためて紅鶴城に戻ってからなり、この問題をきちんと討議して決着をつけるという、そのようなことではいかがでございましょうか」

「そうやってこれまでも、正義は闇から闇へと葬り去られてきたのだ」

しばし、忘れられたかっこうであったマーロールが声を張って叫んだので、エン・シアンはぎょっとしたように顔をあげてそちらを見た。

「だからこそ、私はこうして公衆の面前でタイス伯爵を告発する暴挙に出たのだ。また、紅鶴城の闇のなかにものごとを深くしまいこめば、当然この男にいいくるめられ、証人も消滅させられ、証拠も消され、そしてまた、タイスは何ひとつかわらぬ。失礼ながら宰相閣下がたは、タイスより、多大な利益を得ておられる。――賭けによってもそうだし、ロイチョイの廓からも、またタイスからの朝貢によっても、クムも、ルーアンも、クム大公家も、多大な利益を得ておられる。それゆえにこそ、私はいまこうして、皆の前で声をあげたのだ。グンドの妻をかえしていただきたい。私の母をかえしてほしい。そう叫ぶ、闇から闇に葬り去られてしまった哀れな被害者の遺族はこのタイスにはいやというほどいる。そしてまた、水牢のなかで幽霊と化して生きてゆかねばならなかった、罪なくして罪人とされ、水牢に投げ落とされて死罪よりもさらに苦しみ深い死と生のはざまを体験させられたものたちも。いま、紅鶴城はそれらの幽霊たちの占拠するところとなった。閣下がたが、われらの声に耳をかたむけて下さらねば、われら幽霊の反乱軍は、われらのみの手によって、独自の正義をおこない、タイスにまことの正義を取り戻さねばならぬ。われらには、クム大公家にも、祖国クムにも含むところは一切ない。ただひたすら、われらが告発するのは、タイ・ソン伯爵及び、その眷族のみだ」

「………」

またしても、エン・シアンとアン・ダン・ファンは顔を見合わせた。

その視線はきわめて雄弁であった。これはすでにちょっとクムの内情に詳しいものならば誰であれ心得ていることであったが、本当は、《タイス》は、その富裕さと、そしてその特殊さとでもって、クム大公国にとっては、両刃の剣にほかならない状態でずっとありつづけてきたのだ。

タイスはもともと観光立国の部分もかなり強いクムにとって、つねにかわらぬ最大の観光資源であったし、ことにロイチョイの廓と、そしてそこでおこなわれている博奕とは、水神祭りとならんで、クムを支える産業のひとつでさえあった。だが、同時に一方では、「美と悪徳と快楽の都タイス」と喧伝される、まさに悪徳の代名詞のようなタイスが、ルーアンにならぶクム最大の都市として存在していることは、クムの国民にとってはいささか「恥」でないわけでもなかったのだ。

もっとももともと、クムの国民は享楽的で、快楽を好んでいる。たとえばタイスがケイロニアにあったりしたらそれこそ、国をあげての恥さらしとみなされただろうが、クムではそれほどのことはなく、むしろ、一度でいいからタイスに暮らしてみたい、とまで思われている。

だが、それと、対外的な面目はまた、ことに国際外交がどこの国でもしだいに発達してきたこのごろとなっては別問題であったし、それにもまして、いささか、タイスが暴走気味であることは——それはとりもなおさず、タイス伯爵家が暴走気味である、ということでもあったのだが、これこそルーアンにとっては大問題であった。

タイスがあまりに巨大になり、強大になり、力をもち、そしてそれこそ「国のなかの独立国」と化してしまうことは、クム大公国施政者たちの望むところではなかった。だが、先代までは、タイスとルーアンの関係はきわめてうまくいっていたのである。タイスは独自の文化と秩序と、半独立都市に近い独自性をたもちつつも、きちんとルーアンにしたがい、ルーアンをたてていた。

しかし、現在のタイス伯爵タイ・ソンの代になってから、タイスは急激にクム中の独立国めいた色合いをいっそう強めはじめていた。そして、それがあったからこそ、大公国の重臣たちは、タイス伯爵の令嬢をタリク大公の大公妃に迎えることをひどくためらっていたのである。そうすることで、ただでさえ、巨大な財力を背景に、しだいにぶきみにのしてきつつあるタイス伯爵家が、大公家につぐ、クム第二の巨大な勢力に発展してしまう——その権威が確立されてしまう。それは、クム大公国の重鎮たちのまったく望むところではなかったのだ。

タリク大公はまだ若い。その上、気質がいたって弱い。その前のアルセイスの惨劇により、現在すでにもう、タリク大公は歴史あるクム大公家の唯一の生き残りとなっている。こののち、クム大公家の血筋がクムをついでゆくためには、ひたすら、タリク大公の子どもたちをあてにするしかないのだ。

だが、その母親が、タイス伯爵令嬢ということになれば——

それもまた、クムの重鎮たちにとっては、歓迎できぬ事態であった。まして、エン・

シアン宰相は、いま、パロの女王リンダ・アルディア・ジェイナをなんとかして、タリク大公の妻に迎えることは出来ぬかと、ひそかに懸命の画策を続けている真っ最中だったのである。パロからはいまだにまったく色よい返答のかえってくる気配もないが、それだけに、エン・シアンとしては、こんなところで、タイス伯爵に押しまくられてしまいたくは断固としてない気分であった。

「あー……」

エン・シアンは、ちょっとためらいながら口をひらきかけた。

そのとき、あわててタイス伯爵がそれをさえぎった。

「お待ちいただきたい。一方的にそのような慮外者の言い分を信用されても困ります。この者はそもそも身分いやしき闘技士にすぎず、このそれがしの引き立てによってずいぶんと特権を得てはいるものの本来は、闘技場の白砂の上にいるのが当然、このような貴賓席で直接大公閣下とおことばをまじえるような、そのような身分のものではない。ましてこの者のそのような誣告《ぶこく》をまともにとりあげられ、このタイ・ソンを告発するの、裁くのと――何の証拠もなき、おのれの感情に走ったそのようないいぐさを、お取り上げになるというのはあまりにも、クム大公家及び、それを支える重鎮たる宰相閣下としてご短慮にすぎようかと……」

「証拠――」

エン・シアンが、眉をしかめて、タリク大公を見た。

「確かに、証拠というほどのものは、この者は提出しておりませんですな」

「いや、だが」

タリク大公はまだ興奮がさめやらぬおももちである。

「無実の、まったく罪もなき人妻をそのような理由でひそかに殺害するようなことが許されてよいならば、とうていクムはまともな国家とは認められがたいことになる。僕はこの件に関するかぎり妥協は出来ぬ。僕自身がこの事件について調査に乗りだし――」

「その必要はございませぬ」

ふいに――

マーロールのものではない、だがきわめてよくひびく澄んだ声が、ふいに、貴賓席の周辺の人々を凍り付かせた。

その声の主は、貴賓席のすぐ下側の特別桟敷のなかで、ひとり立ち上がっていた。

栗色の巻毛がつややかに日をうけてきらめき、派手やかな色子の衣裳がつきづきしい。タイス伯爵はむろんのこと、ほかのものたちも、いったい、このようなさいに、このような場違いな者が何を言い出すのか、といいたげに、思わずそちらを見つめた。

それは、マリウスであった。

「おそれながら申し上げます。――わたくしも、いまマーロールさまのおっしゃることばをうかがい、いまさらながらおのれのおかした罪深さに気付きました。わたくしが、その件に関しては証人となりましょう。もし、証人となることで、わたくしのしてしまったことにお目こぼしをたまわれるのでしたら、証言いたします」

「何だと」

今度こそ、タイ・ソン伯爵は、頭から火を噴き上げるかと思われた。

「何を言い出すのだ、お前は……引っ込んでいろ。お前ごとき色子などの口を出すことではない」

「僕は見ました。いや、僕がこの手で、伯爵さまの命じられたとおりにいたしました」

マリウスはタイス伯爵の怒りなど、かまうようすもみせなかった。

「伯爵はローラを殺せ、地下牢に落とせ、と、この僕に命じられました。僕はそれに立会い、たしかにこの手でローラを地下の水牢に突き落として殺害しました。それが伯爵の命令によるものだということを、僕は天地の神々の前で証言いたします」

第二話　告発

1

「さて——これで、とりあえず一段落はいたしましたかな」

タリク大公がずっと待たされていた、大闘技場の最も大きな貴賓室に入ってくると、ようやく、エン・シアン宰相は、もはや大衆の人目をおそれる必要がなくなって、ほっとしたようすであった。

ことはあまりに重大な告発になってきつつあった。このまま、大観衆をわけもわからぬまま待たせておくわけにもゆかぬ。そうとみて、いささか虚脱状態になったタイス伯爵とその眷族を、エン・シアンはタリク大公の許可を得て、大公騎士団の《護衛》という名のもとに——名目は護衛であったが、じっさいには当然、拘束、であるには違いなかった——大闘技場のいくつかある貴賓室のひとつに軟禁し、そして、重大な告発をおこなったマーロール、及びさらに重大な証人にたつ発言をした吟遊詩人のマリウスをも別室に軟禁して、あらためて真相の究明をおこなうことに決定したのだった。

タリク大公は完全にいきりたっており、いまや、「可哀想なローラ」の復讐に燃えていたが、それには老獪なアン・ダン・ファン前宰相がついて、しきりとなだめつつも、あれこれと今後の相談をしていた。ルーアンの重臣たち、そしてそれをささえる大公騎士団の武官たちがその一画をかためて完全に隔離させ、いっぽう、タイス伯爵の家臣団はこれは別にまた一室に案内されてそこにおとなしくしているよう、言い含められた。

華やかなるべき水神祭りの最後の夜、このタイスの最大の行事である水神祭りの最後の夜はいささか気の抜けたかたちとなった。だが、それを案じたエン・シアンとアン・ダン・ファンのはからいによって、大闘技場を埋め尽くしていた観客たちは解放され、このの行動は自由、とされて大闘技場から退出させられた。もっとも、水神祭りをしめくくるあれこれの恒例行事については何も発表されなかったので、人々はいったい何がおきたのか、どうなってしまったのか、タイスは、自分たちはどうなってしまうのかとひどく心配しながら闘技場をあとにしたのだった。

やがて、ほどもなく、人心を収拾するために、クム大公の名において、「水神祭り後夜祭は例年どおり開催すべきこと。ただし、恒例のタイス伯爵関係の行事は今年度はすべて中止とする」という張り紙が闘技場の正面に張り出された。それをみて、当然のことながら「お知らせ屋」たちは大騒ぎしながらかけだしてゆき、ほとんどすべてのタイスの人口が大闘技場に集中していたのではないかというほど、あれほどに無人だったタイスの町のなかには、いたるところにたちまちどっと人波があふれだした。

そして、いたるところで、人々は「お知らせ屋」を囲みながら、ああでもない、こうでもないと大騒ぎしはじめていた。後夜祭を恒例どおりとり行えといわれても、それは、水神祭り闘技大会ではえある栄冠をえた大闘王及び、ほかの闘王たちのパレードや、それによるマヌ神殿での祭祀、またあれやこれやの恒例の祭りごとがあってはじめてつつがなく進行できるものであった。

だが、肝心の大闘王となったグンドもまた、重傷を負って手当のために運び去られた、という話も、すでに人々は「お知らせ屋」からきいていた。とうてい、その傷の具合は、そんな無蓋馬車にのっての市中すべてをまわる晴れがましいパレードや、その後の、生贄をささげるさまざまな行事に耐えられるものではないようで、ひょっとしたらいのちにかかわるのかもしれぬ、ということも、喧伝されていた。

「やっぱりなあ……」

「あのガンダルにそもそも、生身の人間が立ち向かうっていうのが、無謀だったんだから」

「だが、グンドはガンダルをたおしたんだよ。大変なやつだ。えらいやつだ」

「とはいえガンダルのさいごの執念の逆襲であわや左腕が切断されてしまうほどのふか

でを負ったのだそうだよ。こののち、もしかすると、来年の闘技大会に参加するのは無理かもしれないそうだ」

「それどころか、いまや生死もおぼつかぬ病床にあるというのよ。ああ、なんてこと」

「ガンダルは、死んでしまったんだなあ……」

グンドの負傷もさることながら、ガンダルの死の知らせもまた、タイスじゅうのひとびと、そして大会を見にかけつけてきた観光客たちの胸をひどく打っていた。なんといっても、ガンダルは、長年にわたってクム全土に君臨してきた、不敗の伝説に包まれたクム最大の英雄であった。

その壮絶な死は、いまさらのように、クムのガンダル、というこの、不世出の闘技士への哀惜をひとびとの胸にかきたて、人々はあれほど、ガンダルが「男の赤ん坊の肉しか食べない」だの、「若い闘技士としか夜のいとなみをしない」だの、「本当は悪魔に魂を売ってあの強さを手にいれたのだそうだ」などとあやしげな伝説や風聞をほしいままにしてきたことなどけろりと忘れたように、ガンダルの素晴しい強さ、その信じがたい節制ぶり、非人間的なまでの強さと体力を維持する努力、などを言い立ててガンダルを惜しんだ。もしも、それゆえ、グインがどこも無傷のままでガンダルをたおし、無蓋馬車でパレードする、ということにでもなったら、当然グインをひいきしていたタイスの者たちでさえ、あるいは、かなり複雑な気分でグインの晴れ姿を見送ることになったかもしれなかった。ましてや、ルーアンからきたガンダルの贔屓たちにとっては、その姿が堂々としていればいるほど、にくしみと、怒りとそしてガンダルへの哀惜とをかきたてたかもしれぬ。

　だが、そのグンドも左腕が切断されるかもしれぬほどの重傷をおって、瀕死の床にある、ということで、おおいに、人々の気持ちは、慰められていた――というよりも、「さすがガンダル」であり、「さすがグンド」であった、という思いへと傾いていた。ガンダルの命を奪った若きグンドも、そのグンドに瀕死の重傷をおわせたガンダルもともに素晴しい英雄であり、どちらもマヌの大闘冠にあたいするはずだ、と人々は口々に囁きあった。これは歴史に残る素晴しい死闘だったのであり、まさしく、クムの誇るガンダルという伝説的な英雄を送るにふさわしい大一番だったのである、と。

　そのしめやかな思いがあったので、後夜祭といっても、いつものように狂ったように何もかも忘れて性の饗宴をくりひろげるぞ、という気合いは、もうひとつ盛り上がらなかったが、それでも、やむなく――その闘いののちに、いったい闘技場で何がおこったのかも本当のところはもうひとつ、ことに観光客たちなどにはわからなかったのだが、しかしせっかくの後夜祭をフィにしてしまうのはいやだったので、店のものたちはしょうことなしに急いで後夜祭の準備にかかり、ちょうちんに灯をいれ、用意してあった酒樽をおもてにかつぎだしたり、おおいそぎで女たちは化粧にかかったりしはじめていた。

日没まではまだ少し間があった——そして、後夜祭は日没とともにはじめられるしきたりであった。それまでにはおそらく、タイス伯爵からなんらかの指示が出され、後夜祭はいつもどおりはじめられて、にぎにぎしい祭りのさいごの一夜がくりひろげられることになるのだろう。その思いに頼って、人々は、なんとなく中途半端な気分のまま、あっちにうろうろ、こっちにうろうろ、ひとかたまりになってあれこれ取りざたしあったり、あるいは後夜祭のときによい場所をしめてやろうと画策したり、それまでにちょっといそいで腹ごしらえをすましてしまおうとしたり、動きだしはじめていた。ようやく、少しづつ、少しづつ、タイスは、もとどおりの——いつもの水神祭りの最後の夜のにぎわいを取り戻しつつあった。

そうしてまた、さきほど、闘技場でガンダルとグインとの死闘がおこなわれているあいだに、岸壁からあらわれて、タイス市中のいずこかへ散っていった、あのぶきみな光る目と丸いあたまをもつ連中は、いったいどこにどう消え失せてしまったものか、かげもかたちもどこにも見あたらなかった。この上、動揺しているタイス市中によけいな騒ぎをおこすことはまったく目的でないとばかり、かれらはいつのまにか消えてしまっていた——もっとも、そうではない場所もあった。さきに紅鶴城に戻っていようとしたいくつかの騎士達の小隊や、抜け出してさぼっていたのが見つからぬうちにこっそり厨房に戻ろうとした紅鶴城の使用人たちは、どこの道から戻ろうとしても、いきなり出てきた無言のままの黒い奇怪な連中に取り囲まれ、そしてあっという間に剣をつきつけられて武装解除され、そうして一個所に集められて軟禁されてしまったのだった。だが、戻ってきたものたちがみな、城に入ってきて、自分たちが見ききした闘技場でのおどろくべき出来事について何か告げる前に、そうやって足止めをくらい、とじこめられ、互いにひきはなされてしまうので、いつまでたっても、紅鶴城に居残ったわずかばかりのものたちはいったい市中で何がおきたのか、まったく知るすべもないまま、なんで今回はみな帰ってくるのがこんなに遅いのだろう、これでは、後夜祭のために闘王たちやタイス伯爵の一行が城に戻ってきたとき、準備が間に合わないではないか、と怒りながらあわてて準備をすすめているばかりであった。

紅鶴城のいくつもの城門はそれらのあやしい黒い連中に完全にかためられ、城の奥にいるものたちが何も気付かぬうちに、紅鶴城はすでに完全にそれらのものたちに制覇されていた。だが、それも、タイス伯爵騎士団のおもだったものたちはすべて出はらって市中の警備と大闘技場の警備と、闘技場に出座した大公たち貴賓の警護にかりだされていたし、残されて城を守る任務についていたわずかな数の騎士たちはすべてもうとっくに武装解除されて軟禁されていた。それにかわって、それぞれの城門をかためているのはそのあやしい黒い連中だけであった。だが、そんなことをも、タイスの市民たちは知るすべもなかった。

「ともかく、ことはあまりに重大でございますから――事件そのものはさしたる重要性がないとは申せ、あれだけ大勢のタイス市民及び、ことに外国からきたものもたくさんいる観光客たちの前で、公然と、タイス伯爵が不法な殺人の罪で告発される、というようなことが起きてしまった、そのことが重大でございますから、もはや、ここまでことがあからさまにされてしまった以上、公開しないでことを処理してすませる、というわけにも参りますまい」

大闘技場の奥の一番広い貴賓室におさまったタリク大公と、エン・シアン、アン・ダン・ファンを筆頭とするクム政府の幹部たちは、あわただしく善後策を検討しあった。が、エン・シアン宰相は敏腕をもって知られる人物でもあったし、それほど、ことのしだいに困惑しているというほどでもなかった。

「やはり、この大闘技場のこのようなところではたとえ審議する、審問をすると申しても何も出来ませぬゆえ、とりあえず、タイス伯爵及び関係者一同を紅鶴城に移送し、そちらであらためてこの問題を糾明する、ということが一番よろしかろうかと思うのでございますが」

「むろん、場所はどこでもかまわないぞ、エン・シアン」

タリク大公は、まだ、内心の動揺から少しも立ち直っていなかったので、そのおもてはまだ青ざめていたし、ときたま、あれこれ思うたびにその目にはうっすらと涙さえ浮かんでいた。どうしても、かれは、あわれなローラにそんなむざんな運命をもたらしてしまったのは、自分のせいだ、という考えから、逃れることが出来なかったのだ。

「だが、たとえ、いま告発されていることは、たかが一介の衣装係のいやしい身分の女のことだとはいえ、くれぐれも、この事件を軽く扱わないでくれ。これは、ぼくからのたっての願いなのだが。クムには正義がないのかなどと諸外国から云われたくはあるまい。これは僕の私情だけだとは云えないはずだ」

「むろん、むろん」

エン・シアンはすでにもう、いろいろなもくろみが頭のなかを渦巻いていたので、いかにも同情的な顔をして、タリク大公をなだめた。

「当然のことでございます。それに、それにもまして、と申しては閣下のおことばにさからうことになりかねませぬが、それ以上に重大な問題も、あの告発はたくさんはらんでおりましたからな」

「あの若者――マーロールであったな。あやつが、本当に、タイ・ソン伯爵の胤《たね》であるとするならばだ……」

アン・ダン・ファン前宰相が、限りなく老いたその白髯をしごきながら、いかにも『クムの妖怪爺』と渾名されていた現役当時を連想させるようにあやしげに笑って、エン・シアンとまた目を見交わした。

「なかなか、話のわかりそうな若者でございましたな」

「というよりも、ずいぶんとみばのよい——確か、あの若者、けっこう、レイピアの闘王として、婦女子に人気があったのでありましたな、エン・シアンどの」

「確かさようで、わたくしもまだ宰相になる前の闘技大会で、何回か大公閣下のお供をしてかれの闘いぶりも見る機会がありましたが、たいへん妖気をはなつたたかいぶりで、だがたいへん目立つ華やかな存在で——まさか、あれがタイ・ソン伯爵の隠し子であったとは」

「似ておらんな」

くっくっとあやしく笑いながらアン・ダン・ファン老が云った。

「まあ、似ておらなくて幸いといわなくてはならぬだろうな。——おそらく、寵姫というからには母親のほうが嬋妍《せんけん》たる美女だったのだろうが……」

「それにくらべると、令嬢たちのほうは、父親似になってしまって、お気の毒というものでしたが……」

「まあ、むすめというのは父親似で、息子というのは母親似、と古来申すのじゃが。しかし、大公閣下も、あの令嬢の大胆不敵な攻勢には、だいぶん、お困りのよう、というよりも、へきえきなされておいでであったようだし。フォッフォッフォッ」

「へきえきなんていうものじゃない」

タリク大公は長いあいだ自分のうしろだて、後見人として面倒をみてくれていたアン・ダン・ファンがともにあるので、いっそう自信を取り戻しているようにみえた。

「あの女は恥知らずにも、すっぱだかで僕の寝床にもぐって待っていたんだ。——思わず僕は悲鳴をあげて逃げた。そこで、ローラに会ってしまったんだ。——確かに、その前にあまりにおそろしい思いをしたので、いっそうローラが清純で美しく、きよらかに、つつましやかに見えた、ということは云えるかもしれない。そのおかげで、こんな悲運な目にあわせてしまった。それは本当にくやんでもくやみきれないけど、でも……」

「まあ、まあ、閣下。しかし、閣下は、タイス伯爵令嬢をめとりたいとは、思っておられなんだのでございましょう」

「当り前だ」

タリクは興奮して叫んだ。

「ましてや、ローラを拷問したの、その殺すのを手伝ったのというような話をきいちゃ、たとえこの世に女があの出しゃばり女ひとりきりしかいなかったとしたって、絶対にお断りだ。どうか、エン・シアン、アン・ダン・ファン、あのかわいそうな罪もないむすめのかたきをとってやってくれ。そうして、あの女をぎゅうという目にあわせてやってくれ。ほんとに何もかも、ぼくがあの罪もない子をひどい目にあわせてしまったんだ。ああ、ローラ——なんとかして、助けてやれなかったものか……」

「わしも、かねてより、タリク大公閣下の花嫁には、タイス伯爵令嬢というのはありえぬ、と思うていたでな」

やんわりと、アン・ダン・ファンがエン・シアンにささやいた。タリクはまた自分だけの悲嘆にくれてしまったので、エン・シアンはそっとアン・ダン・ファンによりそって、ひそかに囁き返した。

「それがしもです。それに、今回タイスに来てみて、ことに、タイス伯爵がなんと申しましょうか、その専横がいささか目にあまるものがあるなと感じはじめていたところでございましたね。——ましてやそれが、大公妃の父親などということにでもなろうものなら——確実にクムの国は乱れましょう」

「ああ、確かに乱れるな。それに、タイ・ソンどのはどうもあまり人望もない。——たとえ、タイス伯爵たるものは相当に乱倫、不道徳、専横であってもゆるされる、という先例があったにしたところで、タイ・ソン伯についてはいささか、度をすぎているきらいがあるのではないかな。フォフォフォフォフォ」

「確かに、度が過ぎておりますね。まあ、あの若造についてはもうちょっと調査してみなくてはなりませんが、少なくとも武勇にたけていることは確実ですし、みばのいいことも確かです。——あとは、どのていど、われわれに——大公家及びルーアン政府に忠誠心を見せてくれるか、にもよりますが、それしだいでは……」

「………かの」

アン・ダン・ファンが、白い長い眉毛の下にかくれそうな目を細めて、親指をのどのところに持ってきて、かるくひょいと横に線をひくようなしぐさをしてみせた。

「まあ、べつだん、惜しい人材というわけではございませんね――タイ・ソンどのは」

「閣下は確実にほっとされるだろうよ。あの女をおしつけられるおそれがなくなって」

「どうでしょうね、正式な裁きは紅鶴城に戻ってからということにいたしまして、とりあえず、あの若者と、わたくしなり、ご老体なりが、紅鶴城にむかう馬車のなかでじっくりと、お話をしてみて、あの若者の忠誠心と申しますか――それを試してみては」

「それと、正体とだな。――もうひとつ、正体が知れぬやつのようだし」

「しかし、行動力があることは疑いをいれません」

エン・シアンがにっと笑った。

「わたくしの手の者を紅鶴城に戻してようすを見させたのですが、確かにあの者の云ったとおり、紅鶴城はすでに、あの者の配下の手に落ちているようです。――まあ、じっさいにはいくらなんでもタイス伯爵騎士団よりはずっと、あの者の率いられる軍勢など人数が少ないでしょうから、まっこうからたたかいとなれば、いかに紅鶴城を枕にといっても、勝ち目はありますまいが、しかし、それにしても、闘技大会にかまけて、おのが居城をたかがおのれの捨てた我が子にのっとられてしまうとは、それだけでも、タイ

・ソン伯爵はあまりにもたるんでおる、と申しますか、いくさごとには向いておらぬようだ、ということは明白でございますな」
「まあ、ここらで……」

「新しいタイス伯爵が登場しても、べつだん……」

「あの若者なら、いっそう人気をよぶだろうよ」

アン・ダン・ファンがまた妖しく笑った。

「そういうことなら、大公閣下もわれらの裁断をお心にかなっていただけようしな。——それにしても、後夜祭だけはちゃんととりおこなわねば、本当の意味での暴動が起きてしまうだろう。ともかく城へ戻ろう。そして、かたちだけでもつつがなく、後夜祭を進行させたほうがよろしかろう」

「さようで、ではその手筈にかかりましょう」

「大公閣下、それでは、紅鶴城に戻ったのちに、このまことにふらちな事件の真相究明をということにいたしましょう」

アン・ダン・ファンがゆらりと立ち上がってタリク大公に云った。

「ローラのかたきをとってくれるのか、アン・ダン・ファン？」

「もちろんで御座いますよ。このクムに、国際的に認められる法治国家としての秩序が保たれておらぬ、このタイスだけが治外法権として何をしてもよい都市とされている、などということが国外に喧伝されるようではこまります。何があろうと、わたくしどもが、クムの誇りにかけて、タイスの秩序を取り戻し、正義をとりおこなわなくてはなりますまい。フォフォフォフォフォ」

「こんないまわしい都市など、滅びてしまえばいいんだ」

タリク大公はつぶやいた。

「美と快楽の都だって。——むしろ、死と悪徳の都というべきだ。少なくとも彼女にとって、この都はそれらをしかもたらさなかったんだ。可哀想に、ミロク教徒だといっていた。清純で、清らかで……ふしだらなこの都にはあまりにも清らかすぎる魂の持ち主だったんだ」

「なんですと」

ふいに、アン・ダン・ファンが低く云った。そして、また、ちょうど出てゆこうとしていたエン・シアンを呼び止めた。

「ちょっとお待ちなさい、エン・シアンどの」

「何か、ご老体」

「これはこれは。——ただいま大公閣下がおおせになったことでは、その殺されたむすめというのは、ミロク教徒だそうな。これはしたり、だ」

「ほほう」

面白そうにエン・シアンが云った。そして、また、アン・ダン・ファンと目配せをかわした。

「ミロク教徒でしたか」

「ミロク教徒だったのだな」

「それは、それは」

「これはしたり、ということだな」

「でございますな。——それはなかなかに捨ておけませんな。タイス伯爵がミロク教徒を迫害したということになりますと——当今、しだいにミロク教はその勢力を増しつつあり、一大勢力として、クム国内にも発言権をのばしておりますし……」

「その、責任をとってもらわぬわけにはゆくまいなあ」

「でございましょうね」

「あの、証言をした、タイ・ソン伯爵の寵愛を受けているという吟遊詩人が、うかうかと伯爵の手のものに口封じをされてしまったり、あるいは怯えて証言をくつがえしたりすることのないよう、厳密にその身辺を警護してやらなくてはなるまいな」

「そのへんはもうぬかりはございませんよ」

「後夜祭がはじまるまでに、出来ればなんとか——」

「新しい、タイス伯爵が誕生する、というようななりゆきになれれば……」

「そうすれば、後夜祭の場が、願ってもないお披露目になるかな」

ふふふふ――ふぉふぉふぉふぉふぉ、と、二人の新旧の宰相たちは、顔を見合わせて、またあやしげな笑いを笑いあった。

タリク大公はその二人のようすを見たが、気もそぞろで、そんなことはどうでもいい、というようすであった。タリク大公の関心が、新しいタイス伯爵だの、ミロク教徒の抗議だのの上にないことはひと目であきらかであった。

「ああ――ローラ……」

大公はうめくようにつぶやいて、そっと両手を組み合わせ、その上に頭を垂れた。

「いっそ、僕もミロク教に帰依して、一生、ローラの冥福を祈って過ごしたほうがいいのだろうか。可哀想なことをしてしまった……こんなに好ましいと思った女性はこれまでの生涯にひとりとして、いもしなかったのに。ぼくのせいだ――ぼくが大公の身もかえりみず彼女に恋したから、彼女はあんなにもむざんに殺されてしまったんだ。ああ、可哀想に……なんて可哀想なローラ。ぼくのせいだ。ぼくのせいなんだ！　あんなに若く、あんなにかわいくて、あんなに清純だったのに！」

2

紅鶴城にいたる丘をのぼる道はすべて封鎖されていた。それはむろん、タイス市民たちにはそうとは知らされぬままであったが、うかつに城に近づこうとした者はただちに身柄をおさえられ、どこかへ連れていかれてしまった。

タイスの町ではしだいに後夜祭にむけて、また町はにぎわいと元気とを取り戻しはじめていた。後夜祭がどうなるかはまだ誰も知らなかったが、それがなくなったり、中止になったりはしない、ということだけはどうやら確かであったし、それさえ確かであったら、タイスの民はほかのこまかいことどもはもうあまり気にかけていなかった。そもそも、そのような意味では、タイス伯爵その人がどうなろうと、よしんば誰がタイス伯爵であろうと、そんなにタイス市民は気にしてもいなかったし、また、その運命をそんなに気にするほど、現在のタイス伯爵、つまりはタイ・ソン伯爵がタイス市民の人望を集めていた、というわけでもなかったのは確かである。

当然のことながら、旅客、観光客たちにしてみればなおのこと、そのようなことは―

―いま現在、誰がタイスを統治しているか、などということはどうでもよいことであった。ただ、タイ・ソン伯爵が、その先代よりもさらに気まぐれでおそろしい統治者、いざとなるとどのような思いきった処刑でもしかねない人物としておそれられていたのも、また確かであった。

闘技大会の勝者たちの、恒例のパレードがまだはじまらないことは、誰もが気にかけていたが、それも、グンドがガンダルとの闘いで大怪我をおった、という情報がタイス市内にひろまるにつれて、あまり不思議と思わぬものも増えていった。なんといっても花形である大平剣の部の大闘王がパレードに参加できないかぎり、パレードが相当に画竜点睛《がりようてんせい》を欠いたものになることは疑いをいれなかったし、ほかの闘王たちが全員揃っても、大平剣の部の大闘王なしでは、後夜祭の行事もまた、いささか気の抜けたものとなることは間違いなかったのだ。

闘技場からはみなもうすでに観客たちは追い出されてしまい、闘技場はまるで、すでにすべての水神祭りの行事は終了した、といったおもむきをみせてひっそりとなっていた。タイス伯爵騎士団の面々はタイス伯爵からではなく、直接エン・シアン宰相からの命令を下されて、闘技場の周辺から観光客たち、そのへんで商売するものたちからそれめあての客たちまで、すべての一般人を追い払うように命じられた。むろんタイス伯爵騎士団といえども、まぎれもなくクム大公国の忠誠な一員であったのだから、直接の上司たるタイス伯爵からの命令でなくとも、クムの宰相の命令とあらば従わないわけにはゆかなかったし、そこには、タイス伯爵の印形のおされた司令書もそえられていたので、タイス騎士団の騎士たちには、宰相の命令に従うことに何の異論もなかった。むしろ文句があったとすれば、れっきとした騎士団であるかれらが、護民兵同様のそうした面倒くさい任務につかされることであったが、どちらにせよ、実のところはタイス騎士団は、もう長年にわたって従軍に出ることはなく、そうした水神祭りの警備だの、市中の混乱をしずめるだのといったほうが、得手の役割になっていたのだ。

それで、かれらは、紅鶴城に戻るためにごく少数の騎士たちが別に命じられて集められた以外、全員が、タイス市中の警備と秩序の維持のために出動し、ことに紅鶴城にむかう路に一般人たちが割り込まないよう、その道を厳重に警備するよう命じられていた。それはむろん、エン・シアンのさしがねであったが、そのようにしてタイス伯爵はおのれ自身のひきいるタイス伯爵騎士団とひきはなされ、そのかわりに、ルーアンからエン・シアンが船にのせて同道してきた、大公騎士団の親衛隊に護衛されて馬車にのせられ、むすめたちともども、おのれの居城へと護送されてゆくこととなった。

いくつもの立派な馬車が、たくさんの大公騎士団親衛隊及び、宰相騎士団、ルーアン騎士団、そしてごく少数の、それらのルーアンからの騎士団に囲まれたタイス伯爵騎士団の騎士たちに護衛されて、大闘技場を裏の出入り口から出、粛々と紅鶴城へとむかう丘の道をのぼっていった。そのなかには、黒い布をその上にかぶせられた棺をのせている、棺専用の横長の箱馬車もあった。それが闘技場を出るときには、両側に居並んだすべての騎士たちはいっせいに下馬し、そしておのれの剣をぬいて顔の右側にぴたりとあてて立て、長年クムに君臨した英雄のさいごの行進を悼んだのであった。

また、それより早く、両側の窓を厳重に目張りされたこれも大きな箱馬車に、白衣をつけた医師団ともども、とてもたくさんの看護人たちの手で、毛布を何枚もしいた戸板ごとかつぎあげられて、毛布にくるまれた豹頭の新大闘王も乗せられて、紅鶴城へむかっていった。ことにこの移送には、かれらは慎重をきわめた――とりあえず、闘技場で応急手当を受けただけではなく、そのあと急いで闘技場の奥の医務室に運び込まれ、かけつけた医師たちの手で、もう一度包帯をとりさられ、手厚い手当を受けたものの、かなりグインの失血もひどく、衰弱も激しかったのだ。

ことに、しばらくのあいだ、マーロールの告発にともなって白砂の上で待っていなくてはならなかったことで、出血がさらに増えていた。その上に、本格的な手当をするためにはどうしても紅鶴城に戻って、さまざまな設備のととのった病室でやすませなくてはならなかったが、そのためには、かなり長い距離を馬車で移送しなくてはならず、しかも、その道はほとんどが石畳の上り道であった。それがかなり怪我人にはこたえることは誰しもがわかっていたが、同時にまた、かれはマーロールの告発の立て役者でもあったので、紅鶴城で用意されるはずのタイ・ソン伯爵の審判のためにも、どうあっても紅鶴城に連れ戻されねばならなかったのだ。

ブランはかたときもはなれずにグインのそばについて、心配で息も止まってしまいそうな顔でのぞきこんでいた。途中から、リギアも許しを得て、同じ一座、ということでかけつけてきて、両脇から、リギアとブランが懸命にみとっていたが、グインは珍しくその目をとじたまま、まったく意識をとりもどす気配を見せなかった。最初はまだ意識があるままだったが、手当をしている最中に、苦痛と失血にたえかねたように意識を失い、それきり、ぐったりと横たわったままだったのだ。だが、それはいっそ、そのかなり長距離にならなくてはならぬ困難な輸送のためには、幸いであったかもしれなかった。そうでなくば、馬車が石畳にはねあがるたびに、非常な苦痛を味あわなくてはならなかっただろう。

グインの馬車につづいて、さらに厳重に、大公騎士団の精鋭中の精鋭だけに護衛されてタイス伯爵一家、その腹心たるタイスの重臣たち、そしてタリク大公と二人の宰相と前宰相、そしてルーアンから訪れていたクム政府のおえらがたたちがそれぞれの馬車で紅鶴城をめざした。タリク大公がともなった大公騎士団は、少なくはなかったがそれほど多くはなかったものの、あらたにアン・ダン・ファンがともなった騎士団もいたので、それなりの人数になっていた。なかには、タイス伯爵騎士団がいっさいこの護送の任務から遠ざけられていることに疑問を持った市民もいたかもしれないが、かれらから見えないところで、どんどん貴賓席にいたおえらがたたちは紅鶴城めざして大移動をはじめていた。マーロールも当然、厳重に護衛されながら、そのおびただしい馬車の群の一番先頭の巨大な一台で、エン・シアン、アン・ダン・ファンともども紅鶴城へと運ばれていった。

そして、その馬車の群れが紅鶴城の丘をのぼってゆくと、あちこちから、城門をかためていたあやしい黒いマントとフード姿の連中があらわれたが、マーロールが馬車の窓から首をのぞかせて、何か合図すると、それらはそのたびにうなづいてたちまち嘘のようにどこかに消え失せてしまった。かれらは武装してはいたものの、職業軍人というわけではなさそうだったが、よく鍛えられてもおり、マーロールに忠誠を誓っていることは一目瞭然であった。それを見極めるたびに、マーロールと同じ馬車に乗っていたエン・シアンとアン・ダン・ファンはひそかに目くばせをかわして、なにやら合図しあった。

紅鶴城は一見したところでは何ひとつかわったこともなくひっそりとしているように見えた。だが、よく見ると、要所要所をかためているのはみな、マーロールの配下であった。タイス伯爵騎士団のものたちはほとんどが市中へ出ていたのもあったが、さきにいったように居残ったものたちもみな武装解除されて閉じこめられてしまい、そしてマーロールの部下たちが、物見の塔や城門など、いざとなればただちに紅鶴城に籠城できるだけの準備をして、そこかしこで整列していたのだ。いつのまにか、紅鶴城は完全にマーロールの制圧するところとなっていた——もっとも、さすがにそのマーロールの配下は千人とはいなかった。いって四、五百人というところであったので、むろん、何千人のタイス伯爵騎士団がいちどきに攻めかかってくれば、いかに城に拠っているとはいっても、守りきれなかったのには違いなかったが。

しかし、マーロールの軍——あえていうならば——は、クム大公の兵には一切手向かいしなかったので、城門はすみやかに開き、おびただしい馬車の群れはどんどん城門のなかに吸いこまれていった。そのあと、かれらが通ったあとには、またマーロールの手勢はぴたりと城門をしめてしまい、それをひたすら守っていたので、もしタイス伯爵騎士団が市中警護の役割をおえて戻ってきたとしても、いかに城門を叩いても入れる気遣いはなかった。

このようにして、おのれがいわばすべての兵力のうらづけをひきはがされて監禁されてしまったことを、タイ・ソン伯爵はどこまで気付いていたのか、それはまだよくわからなかった。そもそも、タイス伯爵がどの程度、この事態を把握していたかどうかも、あまりよくはわからなかったのだ。タイス伯爵はすっかり憤慨しており、ここまで護送されるあいだもむくれかえっていた。娘たちも同じ馬車で連れてこられたが、こちらはさらに憤慨しており、ことに当の話題の中心となった姉娘のほうは、当然のことながら、烈火の如くに怒り狂っていて、怒りのあまりろくろく口もきけぬありさまだった。

紅鶴城に戻ってもかれらは自分の居室に戻ることを許されぬまま、大公騎士団の兵士たちの見張りをつけられて軟禁され、しばらく待たされた。これは、タイ・ソン伯爵にとってはまことに屈辱的な事態であった。大闘技場ならばまだしも、ここは、タイ・ソン伯爵自身の居城であったのだから。だが、やがて、ものの半ザンとはたたずに、タリク大公から——というよりも、その名においてエン・シアン宰相からの呼び出しがかけられ、大公騎士団の騎士たちがかれらをひったてて、タリク大公のためにタイ・ソン伯爵自身があてがった、たいそう立派な客間の一室へと連れてゆかれた。

「妹姫はお連れせよとの命令は受けておらぬ。お差し支えなくばこちらに残ってお待ちになったらよろしい」

大公騎士団の騎士長が云ったが、妹娘のタイ・メイ・リンはあわてて拒否し、何がなんでも姉と父とともにくっついてゆこうとした。それで、タイ・ソン伯爵と、姉娘のアン・シア・リン、そして妹姫のタイ・メイ・リンの三人は騎士たちにひったてられて糾問の場へと連れてゆかれたのだった。

ひったてられた、とはいえ、騎士たちはいたって礼儀正しくしており、乱暴はまったくしようとしなかった。しかし罪人扱いであるには違いなく、タイス伯爵の手はこらえきれぬ怒りのあまりぶるぶるとふるえていた。

糾問のためにあてられた、最も広い客間の一室に連れてゆかれると、そこにはすでに、平服にあらためたタリク大公、そしてエン・シアン、アン・ダン・ファンの両重臣、そしてルーアンから水神祭りを見にやってきていた、ホー・トイ外相、ルー・ルー・ロー経済相、カン・ダン・ロー官房長官などクムの政府をかたちづくるおもだった顔ぶれが居並んでいた。その両側に、やはりタリク大公がルーアンから同道していた、大公騎士団長、ユー・リン・シン将軍と、ルーアン騎士団長のリー・トウ将軍が、数人づつの警護の騎士たちをうしろにしたがえ、威圧的な武装のまま並んでいた。

この道具立てだけでも、すでにタイス伯爵をきびしく裁かんとするタリク大公の強烈な意気込みが感じられるようであったが、タイ・ソン伯爵はひるまなかった。怒りにふるえる顔でそれらの重臣たちを見回しただけで、いっこうに鼻白んだようすさえ見せなかったし、それは、むろん、激怒しているアン・シア・リンも同じであった。

そのかれらの怒りは、次に扉がノックされて、騎士たちが、あらたな客を連れて入ってきたとき、頂点に達したかに見えた。入ってきたのは、むろん、白いマントと白い衣裳に身をつつみ、ゆたかな銀髪を背中に流した《白のマーロール》であった。

「おのれは、飼い主の手を嚙みつきおって、この狂犬が……」

さっそく、こらえきれぬ怒りにまかせて、タイ・ソン伯爵が罵ろうとするのを、この臨時の裁判の進行役をつとめることになったエン・シアン宰相が手をあげてとめた。

「控えよ、タイ・ソン伯爵。このたびこの者マーロールによりなされた告発はきわめて重大であり、わが主君タリク大公もたいへん心をいためておられる。だが、今日は由緒ある水神祭りの後夜祭の晩だ。後夜祭がはじまる前に、なんとしても、市民たち、多勢タイスを訪れている観光客たちの心を落ち着かせ、平年どおりに後夜祭をなんとか開催すべく、この告発のかたをつけねばならぬ。それゆえ、かなり異例ではあるが、このようなかたちで、臨時の審問が我が君タリク大公のご臨席下に急遽おこなわれることとなった。さよう、心得て、申し開きされたがよかろう」

「申し開きなどすることはございませぬぞ」

タイス伯爵は口をひらくことが許されるなり、顔を真っ赤にしてかみついた。

「大体、このようなかたちで、水神祭りの——神聖なる、一年のなかでタイスにとりもっとも重要きわまりない水神祭りの行事がさまたげられるとはなんたること。このことはこののち何年にもわたって醜聞として観光客たちに語り伝えられ、タイスの評判を落とすことになるのでございますぞ。おそれながら、エン・シアン宰相閣下であられようと、よしタリク大公閣下御自身であられようとも、このようなかたちで水神エイサーヌーに捧げたこの祭りの進行をさまたげられるとは、ありうべからざること、ただちに正常どおりの行事の進行のためにわれらをご解放いただかなくては、タイスでは後夜祭はたいへんな行事、暴動のひとつもおきかねませぬぞ」

「それはわかっている。それゆえ、タイス騎士団には総力をあげて、タイスの治安を維持しつづけるようとの命令が下されてある」

　エン・シアンは眉をしかめた。もともと、タイ・ソン伯爵の態度が、一地方都市の最高責任者としては、クム大公国そのものの支配者であるタリク大公、またそのもとでクムの統治をあずかり実際に司政にたずさわる最高責任者であるおのれに対するに、あまりに倨傲《きょごう》である、ということは、つねづね感じておりもしたし、それについては、相当に悪感情もひそめてはいたのだ。だが、タイスの重要性、という問題がつねにルーアンの施政者たちを縛っていたのだった。

「いーや、そのような姑息な手段では、水神祭り後夜祭ともあろう巨大な式典、祭典を無事につつがなく運ぶことはとうていかないますまい」

　タイス伯爵はそうでなくとも相当に苛々していたので、ただでさえ倨傲な態度がいっそう倨傲であることも、気にもかけなかった。

「そもそもこのタイス伯爵タイ・ソンなくしては、水神祭りは無事に運営されるというわけには参りませぬ。これはこのわたくしが運営委員会の委員長をつとめる祭り、かつ、このわたくしがさまざまな局面で儀礼に参加し、宣言し、進行し、きりまわす祭りでございます。いまでさえすでに、危険なほどに後夜祭の進行に支障をきたしかけております。このまま参れば今夜は大混乱になってしまう。今夜、タイスが得るはずの莫大な利益も、フイになりましょう。そうなれば、ルーアンとても、とうていこのような下らぬことのために――」

「黙れ、タイ・ソン！」

いきなり、日頃とうていそのような声を出すとも思われぬ、気の弱いはずのタリク大公が大声を張り上げたので、さしものタイ・ソン伯爵も、あまりにも正面切って主君にたてつきもしかねて黙った。だが、強情者のタイス伯爵が、たかが若造とひそかに見くびるタリク大公ごときの怒号におそれいるはずもなく、その目は爛々と怒りに光っていた。

「下らぬことだと！　おのれは、この一件を下らぬことだというのか！」

「おそれながら、下らぬことではございませぬか」

タイス伯爵は言い返した。

「こう申しては何でございますが、そこにひかえおるそのマーロールはたかだか一介の身分いやしき剣闘士、そしてまた、そのマーロールが言挙げせし殺人なるものも、これまた身分いやしき大道芸人の衣装係の女ということ、そのような、身分いやしきとるにたらぬものどもの運命のために、このタイス伯爵が糾問をうけ、そしてこともあろうに水神祭りの後夜祭がさまたげられる、などということが、あってよろしいのでございましょうか。これはまさにありうべからざることと申さねばなりますまい」

「いや、待たれよ、タイ・ソン伯爵」

エン・シアンがゆっくりとからだをおこして、両手をあげてタイ・ソン伯爵を制した。

「そなたも後夜祭のだんどりのために一刻も早くこの事態がかたがついたほうがよろしい、と考えるのであれば、我々の真相究明に全力をあげて協力してくれるこそ、至当というものであろう。正直の話、このエン・シアンは大公閣下よりクム宰相を拝命し、クムの平和と繁栄をつねにおもんばかる者として、たしかにそのようないやしき身分のものたち一人びとりのなりゆきにはあまり深い関心は向けておられぬ。だが、クムの秩序と正義、ひいては国際的なクムの評判のためには、あまりに無法国家である、まったく法律というものの存在しないかのような都市である、などという評判を受けることは嬉しくはない。それにもまして」

エン・シアンは、思わず何か割って入ろうとしたタイス伯爵をまた手で制した。

「このエン・シアンの関心をもつことは実はただひとつ。それについてまずは伺いたい。ずばり伺うが、このマーロールなるものは、さきほど大闘技場にて、この者はタイ・ソン伯爵の寵姫のみごもっていた子であり、その寵姫なるものが地下の水牢におとされたさいにそこで出生し、そして母親の死後その地下牢でどのようにしてか成長した、という世にも不思議なる話をきかせた。タイスに巨大な地下の水牢が網羅され、ことにそれがこの紅鶴城ではきわめてふんだんに使用されている、という話はかねがね聞き及ぶ。

だが私の関心のあるのはそのことではない。私の知りたいのはたったひとつ――そうあるからは、このマーロールは、すなわちタイ・ソン伯爵御自身の落胤、タイス伯爵のこれまで公的には知られざる子息、そのように考えて間違いはなきか？」

「そのようなこと……」

かっとなったように、タイス伯爵は答えた。

「この者が勝手に申しておるだけのこと。第一、あの水牢にはらみ女が落ちてどうして助かりましょうか、ましていわんやそこで出産など出来ましょうや。そこに落ちれば決していのちは助からぬ、とあるからこそ、そのタイスの水牢は世の悪党どもにこよなくおそれられているのでございますぞ。この者はいい加減なことを口にして、人心を攪乱しようといたしておるのでございます。そもそも、どこから見たって、この者とこのわたくしのいったい何処に似たところがございますか。もうちょっとでも、わたくしに似たところなりとあればそれはもう少しは信憑性もあろうというもの、しかしながら」

思わず、タイス伯爵はまじまじと、黙って冷たい目でタイス伯爵を見返しているマーロールを見つめた。

「これこのとおり、いったいどこにそれがしと似たところがございましょうや。髪の毛ひとすじ似ても似つかぬ。ここにおるのはわたくしの可愛い娘たち、アン・シア・リンとタイ・メイ・リン、ごらん下さいませ、このいとしい娘たちは可哀想なことにこんなに父親のわたくしに似ております。いまはなき母親にはあまり似ておりませぬ。いますこしなりと母親に似ていてくれればもうちょっとは、あ、いやいやいや、ともあれ、この者がいかに申そうとそれがしは、この剣闘士がそれがしの隠し子だ、などということは信じませぬぞ。ましてや、それが、地下の水牢の迷路のなかで育ち、ひととなったなどという、そんなとてつもないことなど。とんだ与太話だ。これほどばかげた話など、たとえいかに天才的な吟遊詩人でさえ、思いつくことさえかないますまい。この者は、剣闘士などやっているより、吟遊詩人に転職すべきでございます」

「と、タイス伯爵は申されておるぞ、マーロール」

エン・シアンが云った。マーロールはゆっくりとおもてをあげ、優雅に一礼した。そして、何も云わなかった。

「どうだ、マーロール？――そのほうの母親の名、なんと申したか？」

「ルー・エイリンと申し、そのかみ、タイスに名高き歌姫でございました」

マーロールが静かに云った。

「長い黒髪とすきとおるような白い肌をもち、ロイチョイの廓からはじめて、タイス一番の美姫の名をほしいままにした、有名な歌い手でございました。タイス伯爵がごくお若く、いまだタイス伯爵になられず、先代タイス伯爵のもとに部屋住みとしておられますとき、母の贔屓となられ、やがて母を愛人として囲うようになられました。が、タイス伯爵となられたとき、自身のいとこである先代タイス伯爵の姫を妻に迎えるのが条件であられたゆえ、母は日陰の身となりました。もとよりロイチョイ出身の歌姫のことゆえ、タイス伯爵の正妻になど思いもよりませぬ。母もべつだん文句をいうでもなく、あてがわれた別宅でひっそりと暮らしておりましたが、その存在がやがて新婚の伯爵夫人の知れるところとなり、伯爵夫人は非常に悋気《りんき》をなさいました。そして、わけても母が妊娠していることを知るや、伯爵夫人は激怒なさり——夫人のほうはなかなかお子を得られませんでしたので——母を紅鶴城の水牢に落とすよう、タイ・ソン伯爵にずっと要求なさったのです。そしてついにタイ・ソン伯爵はその要求に屈して、身重の臨月も間近い母を水牢に投げ落とされました」

「やめろ」

うなるような声で、タイ・ソン伯爵が叫んだ。

その顔に、ようやく、奇妙な動揺の色があらわれていた。マーロールはそれを刺すような憎悪の目で見た。そして、何もきこえなかったかのように話し続けた。

3

「母は水牢に落とされ、あげぶたを閉めこまれて、むろんまことには助かるすべとてもなきところでありました。しかし、これはタイスのものたちはうわさにもよく知らぬことながら、実はタイスの地下水路には、まことは何人もの、水牢に落とされて生き延びたものたちがひそんでいまだに暮らしております。母はそれらのものたちに助けられて私を産み落としたものの、そのまま気が狂ってしまい、やがて気の狂ったまま地下水路で亡くなりました。その意味では、確かに伯爵のいわれるとおり、地下水路におとされて生きのびることはかなわなかったのです。しかしわたくしは地下水路にひそむものどもに助けられてこのように育つことが出来ました。心には、母を殺し、わたくしにかくも恐しい奇想天外な運命を下した実の父であるタイ・ソン伯爵への深いうらみをきざんだまま、そのうらみつらみをかてとして、わたくしは地下水路で育ち――そして、地下水路を我が家とするうちにそこからの出入りも自由となり、そしてそれこそ吟遊詩人の奔放な想像力をもってしても描き出せぬような年月のはてにひととなりました……」

「なんと、ばかげた話だ！」

タイス伯爵が怒鳴った。

「こんなばかばかしい、いかがわしい話はきいたこともない！　クム宰相ともあるかたがたが、このようなばかげた話に耳を傾けられ——そして——」

「これを、ご覧下さい」

マーロールは、タイ・ソン伯爵の叫びなど耳にも入らぬかのように、胸もとから、何かを取り出した。

「タイ・ソン伯爵はおそらく、これをも見知らぬ、と言い張っておのれの無実を主張するかと存じます。だが、わたくしは、いまこのときのため——おのが氏素性を明らかにするそのときのために、幾久しく、これを大切に保管して参りました。これをご覧下さい」

「おい」

エン・シアンは、小姓に命じて、マーロールのさしだしたものを受け取らせ、おのれの手元に持ってこさせた。

それは、小さな金襴のかなり古びた平たい袋であった。エン・シアンが注意深くそのひもをほどき、そのなかから何かを取り出して、ひろげるのを、人々は興味津々で見守っていた。

「おお、これは……」

エン・シアンが小さな叫び声をあげて、それをタリク大公に差し出した。

「これは、タイ・ソン伯爵の自署のある、この者のこれから産み落とす子どもはわが子に間違いない、という誓紙だ。なぜ、このようなものが」

「最初は、私の母ルー・エイリンがみごもったとき、タイ・ソン伯爵は、おのれが一生子を得られないのではないかといたく案じておられたので、おのれの寵姫がみごもったことをとても喜び、男女とわず、生まれた子どもは伯爵御自身がひきとってタイス伯爵家のあととりとして育てようとお考えになった、ときいております。——しかし、ルー・エイリンの素性がいやしかったので、母を正妻とすることは当然かないませんし、そのころにはもう、伯爵夫人も迎えておられましたので、伯爵は母と私をどこかに隠して母に私を育てさせ、私が成人したのちに引き取ろうとお考えになったようです」

マーロールは説明した。

「しかし、その考えが実現する前に、愛妾の妊娠はタイ・ソン夫人メイ・メイ・ホンどのの知るところとなり、メイ夫人は烈火のごとくお怒りになりました。そして、伯爵は母とその腹のなかの私のいのちを守ろうと、このような誓紙を母に与え、城から落ち延びさせようとたくらまれたようです。しかしその計画もまた夫人に知られ、夫人の手の者が母をとらえて連れ戻し、そして夫人は夫にむかって、目の前で母を腹の子ごと殺すようにといいつけたときいております。——夫人はもとより、先代タイス伯爵タン・タルどのの令嬢でありましたから、先代伯爵の甥であるタイ・ソンどのが伯爵を相続にいたったのはひとえに夫人と結婚したからでありました。それゆえ、タイ・ソン伯爵は、タイス伯爵の地位を失うことをおそれ、おのれの寵姫をその子供ごと、ついに地下水路に突き落としてしまったのです」

「むごいことを」

タリク大公は声をふるわせた。

おそらく、その目には、マーロールの母親ではなく、別の若い女が、同じようにひったてられ、あらがうすべもなく恐怖にふるえながら地下水路に落とされて、泣き叫びながらしだいに衰弱し、死に絶えてゆくさまがまざまざとうつっているのに違いなかった。

が、それから、いきなり、タリク大公は身をふるわせて飛び上がった。

「待て、マーロール。お前の母は地下水路に落とされて、だが生き延びてお前を生んだと申したな。だったら——そうだ、なぜ僕はこれまでうかつにも気付かずにいたのだろう。もしかして、まだ——ああ、そうだ、もしかしてローラはまだ生きているのじゃないのか。いまこうしているあいだにさえ、地下水路のなかで、恐怖と絶望に狂いながらも虫の息で助けのくるのを待っているのではないのか。ああ、助けなくては。僕はいますぐ彼女を助けにゆかなくては。どこだ、その地下牢というのは、どこなのだ。教えろ、タイ・ソン伯爵。お前は彼女をどこに落としたのだ」

「なにさ」

そっと、アン・シア・リンが低い、だが皆にはちゃんときこえるような声で吐き捨てた。

「あんなちっぽけなぶさいくな女になんか手もなくだまされちゃって。あんな胸もろくろくないような女。クムの大公閣下ともあろうおかたが、いったい何をどう血迷っちゃったのかしら」

「これ。静かにしていただきたい、アン・シア・リン姫」

エン・シアンが、眉をしかめて云った。

「ことは、姫のお父上の去就のみならず、場合によっては生死までもかかわってくるかもしれぬことなのですぞ。――うむ、だが、どうなのであろうな、伯爵――その女というのが、大公閣下のおっしゃられるとおり、もしまだ生き延びている可能性があるのだったら……」

「あるわけがありません」

叫んだのはまた、制止されたのにもかかわらず黙っておられないアン・シア・リンだった。

「タイスの地下の水牢はそんな甘いものじゃありませんことよ。第一、あんな女みるからにやせっぽちで弱々しかったし、きっともう落とされたところで水に落ちて」

「アン・シア・リン」

あわてて、タイ・ソン伯爵が叫んだ。

だが、遅かった。

「ほう」

エン・シアンが、ちらりと目を細めてアン・ダン・ファンを見た。

「なるほど。では、アン・シア・リン姫は、その者、確かローラといったと思いますが、そのローラなるものがお父上の指図により、地下の水牢に落とされ、処刑されたということを、お認めになったわけですな」

「え」

アン・シア・リンは、一瞬、ワナにかかった動物のように、きょろきょろと目をさまよわせた。

だが、それから、ふてくさったようにそっぽをむいた。

「アン・シア・リン、このばかもの。おのれの父の首に縄をかけるつもりか」

タイ・ソン伯爵が怒って云った。それから、あわててエン・シアンとタリク大公のほうをふりむいた。

「アン・シア・リンは何も知らないのです。このむすめはまだうら若く、おのれが何をロ走っているかもよく存じませぬ。なにしろ嫁入り前の娘のことでございますから――ほれ、なにしろ、嫁入り前のむすめというものは、とかく精神状態が不安定になりがちで、ときとして、見てもおらぬこともまるで見てきたかのように申したり、あれこれとあらぬ妄想にとりつかれるということもあるものでございまして……」

「なによ、ひとをそんな、頭の変な人みたいにいわないでよ。ひどいわね」

怒ってアン・シア・リンが叫んだ。が、あわてて妹のタイ・メイ・リンが姉の袖をつかんで強くひっぱったので、こんどは妹にむかって怒りはじめ、少し大人しくなった。

「あくまでも、タイ・ソン伯爵がそのようなことは知らぬと主張されるのであれば、証人を喚問しなくてはなるまいな」

エン・シアンが云うと、タイ・ソン伯爵はいきなり激しくぶるっと身をふるわせた。タイ・ソン伯爵にとっては、さきほどの出来事のなかで、何がもっとも衝撃であったといって、やはりめろめろに溺愛していたはずのお気に入りの吟遊詩人に裏切られたことほど、仰天させられたことはなかったのだ。

「証人を連れて参れ」

エン・シアンはそのタイ・ソン伯爵の顔色が変わったのにはかまいもせず、手をあげて、騎士たちに命じた。リー・トウ将軍がかるく合図すると、すぐに数人の騎士たちが室を出ていった。

　証人もまた、となりの室にすでに待たされていたので、騎士たちは出てゆくなり、すぐにそれを連れて戻ってきた。マリウスはもう、派手すぎる色子の衣裳を、全部着替えるひまなどはとてもなかったし、着替えもなかったのだが、ばかばかしくきらきらする装身具は全部とってしまい、させられていた化粧も落とし、一番派手な極彩色の上着もぬいで、半透明の紗のチュニックと、クム式のパンツと、サッシュベルトだけになっていたので、闘技場で立ち上がって証言したときよりも、はるかにまともに——というか、かたぎらしく見えた。とはいえ、まだマリウスのくるくるした巻毛だの、華やかな顔かたちだのは相当人目をひくことには、何のかわりもなかったのだが。

「おのれは、この裏切り者めが」

　マリウスを見た瞬間、タイ・ソン伯爵は血相をかえた。

「あんなに可愛がってやったのに。あんなにも大事にして、あんなに何回も——あんなに何もかもくれてやったのに、なんという——いったい、このタイ・ソンに何のうらみがあって——畜生、この外道め。きのうの夜とてもあんなにもこまやかに愛を誓いおったくせに、このばいため。男娼め。裏切り者め」

「お静かに、タイ・ソン伯爵」

　エン・シアンは声を大きくした。

「お忘れのようだが、まったく非公式ではあってもここはあくまでも、クム大公閣下の法廷であるには間違いないのだ。最前からの伯爵のおふるまいを見ているに、あまりにそのことをおわかりでないように思われる。たとえクムで最も大きいタイスをおさめる由緒あるタイス伯爵といえども、あくまでもクム大公閣下の忠誠なる臣下であるには何の違いもない。それはこのそれがしが宰相としてクムの司政をお預かりしておろうとも、あくまでもタリク大公閣下の忠誠なる臣であるのとまったく同じ。わが言に間違いはあろうか、アン・ダン・ファンどの?」

「いや」

アン・ダン・ファンはひとことと云っただけだった。

だが、タイ・ソン伯爵はかなり参ったようすで、少し大人しくなった。

「臣籍にあるからは、いま少し、大公閣下の御前であること、わきまえた行動をとられよ。また、そこもとはいま現在、重大な告発によって、審問を受けておられる立場であるということもお忘れのようだ」

「忘れてはおりませぬ」

タイ・ソン伯爵は参ったようすでもごもご云った。

「しかし、これはあまりにも——あまりにも手酷い裏切りかと……それに……」

「それはこなたの私生活上のことでしかあるまい。だが、いまそこもとはもっと重要な告発を受けているのだぞ。それはすなわち」

「わ、私はいったいそもそも何の罪で裁かれなくてはならないのでございますか」

タイ・ソン伯爵は少し勢いをもりかえして叫んだ。

「たかが芸人一座のいやしい女を殺したという罪がこのような、大公閣下のじきじきのお裁きにあたいするのでございますか。それとも、かつてわたくしの寵姫であった女を処刑したことでございますか。おそれながら、そのことがあったのはもはや二十余年もの昔でもあれば、また、それはあえていわばわたくしごと、少なくともこのタイスのなかにあるかぎり、わたくしもまた、タイス伯爵としてのそれなりの権限は大公閣下にお差し許しいただいている筈、ましてことはわたくしの家庭生活の中の範疇のこと、わたくしが素性いやしき廓あがりの妾をどのように成敗しようが、それによってクムの国法のお裁きを受けなくてはならぬとまではどうあっても合点が参りませぬ。確かに褒められたことではございますまいが、人道にもとるとさえ、お堅い向きはおおせあるかもしれませぬが、それを申さばクムというこの国そのものが、人道を言挙げするにはいささか柔らかいお国柄のはず、ミロク教徒でもあるまいに、その程度のことで……」

「黙りおろう」

エン・シアンが何か鋭く叫ぶ前に、アン・ダン・ファン老人の声がとんだ。

さすがに、名宰相とうたわれた老人の鶴の一声であった。はっとタイ・ソン伯爵が身をかたくするだけの威厳がこもっていた。

「あのここな慮外者め。そのほうもかりそめにも、タイス伯爵を名乗るからにはクムの施政者の側にたつ者のうちではある筈、クム内政のさまざまなる苦労、知らぬ筈はあるまい。近年ことにミロク教なるもの、クム国内に猖獗《しょうけつ》を極めつつあり、クムの国柄とは相容れぬはずがあるいはそれゆえなるか、しだいにルーアンといわず、このタイスにさえはびこりつつあるというのは衆知の事実。その対応にわれらクム政府が苦慮していることくらい、知らぬ存ぜぬでタイス伯爵がつとまろうか。そのような困難なる時局柄をもわきまえず、こともあろうに、そのほうが殺害したと申すその女子《おなご》、ミロク教徒だと申すではないか。もしも、タイス伯爵父子が、タイス伯爵令嬢をクム大公の妃にと無理矢理縁づけるべく、そのさまたげとなる、大公閣下が思いをよせられるミロク教徒の罪もなき女子《おなご》をひそかに無残にも殺害せしと知られなば、国内のミロク教徒にいったいいかなる影響が及ぼうぞ？　あるいはミロク教徒の怒りをかい、暴動となるやもしれぬ。いや、ミロク教徒は大人しい上、ひとをゆるし罪をゆるすが教義ゆえ、ミロク教徒自身はそのような行動には出ぬかもしれぬが、さればとて、そのようなことが国際社会に伝わってみよ、クムの評判はどうなる。ひとりミロク教団のみではない。もしも他のあれこれの国にも伝わってしまえば、それによってクムの評判は地に落ちるのだぞ。それを、いうにことかいて『その程度のこと』とほざくか、このうろたえ者。控えおろう」

「は……」

さしも横紙破りのタイ・ソン伯爵も、倍以上の年長の上に、クムの重鎮として知られるアン・ダン・ファン前宰相には、あらがいかねた。

うつむいて、くちびるをかみしめるさまを、タリク大公は憎々しげににらみつけた。

「やっぱり、殺してしまったのだ」

タリクはこぼれおちそうになる涙をかろうじてふりはらって、タイ・ソン伯爵への憎しみをたぎらせながら叫んだ。

「やっぱり、お前が殺したのだ。なんということだろう——しかも、一片の反省の心、悔悟の情さえもその面上に見ることとさえ出来ぬ。なんというひどい仕打ちだろう。ああ、だが、もしかして、まだ生きていはしないのか。どんなに虫の息でもいい、どんなむざんなすがたになってでもいい、生きてさえいてくれれば——そうしたら、もう、たとえ何があろうと、誰にどのようにそしられようと、僕はローラ、お前を妻に迎えるだろう。どんな天下の美女だろうが、たとえリンダ女王だろうがそんなものはどうだってかまわない。僕はただ、ローラだけが欲しかったのに。ローラ、なぜ死んだんだ。どうして僕はお前を救うことさえできなかったんだろう。クム大公などと呼ばれていながら、お前ひとり救うことさえ出来なかった。なんて無力な、なんて云う——なんて……」

「お待ち下さい。まだ、その女がどのように処刑されたかについては、確認いたしておりませぬぞ」

エン・シアンが大公をなだめた。

「では、せっかく召喚したのだ。そのほうに証言をしてもらうこととしよう。そのほう、いまいちど名を名乗れ。名と、職業と、そしてなぜこのタイスに滞在するかについて、あらためて真実を語るとの誓言のもとに告げるがいい」

「私でございますか」

マリウスはおとなしくじっと待っていたが、ほこさきを向けられると、おそれげなくおえらがたを見返した――といっても、本来のマリウスの素性を知っているものにとっては、その落ち着いた態度もべつだん何ひとつ不思議なこともなかったのだが。

「わたくしは、吟遊詩人のマリウスと申すしがない流れ者、このタイスへは、『吟遊詩人マリウスと豹頭王一座』と申す旅芸人の一座を率いてやってまいりました。もともと、タリサからクムでの興行をはじめ、そこでご好評をいただいてルーエで興行をうっているところへ、評判をききつけたゆえと、タイス伯爵さまよりじきじきにお迎えをいただき、タイスへ招聘されることとなりました。そして、伯爵さまの御前にてわれわれの芸をお目にかけましたところ、お気に入っていただき――ただ、私どもの出し物ではなく、その、伯爵さまにはわたくし個人がお気に召していただき、お側近くお招きいただいて、そのおしとねにはべる光栄を頂戴いたしました。そして、もう一つのうちの看板である、おそれながらケイロニアの豹頭王グイン陛下をまねて魔道師に豹頭になる魔道をかけてもらいました、擬闘と力比べでもって芸をするグンドというものは、その体格と武術をかわれ、闘技士としてお仕えするようにと命じられましてございます。——いまお話に出ておりましたローラという女はこのグンドの妻で、スーティという幼い子どもをもうけております。うちの一座は、そのほかにはスイランという男の擬闘役者と、そして女のリナと申す役者、以上のごくささやかで小さな一座でございましたが、この他のものたちもみなそれぞれに闘技場にかりだされました。——そうして、わたくしはさいわいにしてタイス伯爵さまの御寵愛をいただき、たいそう可愛がっていただきましたが、そのう、もともと、わたくしは、そのグンドという男のその、何と申しましょうか、愛人でございまして、伯爵閣下もそのことはご存じでございましたが、もとより伯爵さまの御命令でございますし、その——肝心のお話をわかりやすくするため、多少立ち入ったお話になってもよろしゅうございましょうか？」

「さすがに吟遊詩人だけあって、能弁なものだな」

感心したようにアン・ダン・ファン老が云った。

「よかろう。われらはともあれ真実を知りたいのだ。すべて、ことこまかに語るがよい」

「かたじけなきおことば、有難う存じます。——わたくしは長い、北のほうからタイスまでたどりつく旅のあいだじゅう、このグンドという男の愛人でございましたが、同じ一座で衣装係をつとめるそのローラという女がグンドの妻であることはもちろん知っておりました。グンドはたいへんからだも大きゅうございますが、精力もなみはずれてさかんな男でございまして、とうてい、その妻ひとりでは、おのれの精力をもてあましておりましたのです。それで、わたくしはこの一座に加わってほどもなくこの男の愛人となりました。しかし、この女も、自分ひとりではとうていグンドのさかんな精力を満足させることは出来ぬということもよく知っておりましたし、おとなしい女でございましたので、一座のなかで、私が夫の愛人になっていることはよく知っていても、べつだんぐちも不平もうらみごとも申しませんでした。またこの女はひとまえでするような芸は何も持ちませず、それゆえこの一座でおとなしく雑用係と衣装係をつとめておりましたので、私どもはみないたって仲良くやっておりました。しかし、それが、このタイスに参りまして、わたくしがタイス伯爵タイ・ソン閣下のお目にとまり、またグンドや他のものたちはタイ・ソン伯爵さまの闘技士になる、ということになりまして、みんなずいぶんと運命がかわってしまいました。――わたくしはタイ・ソン伯爵の御寵愛を得て、確かに少々いい気になっておりましたかもしれません。先日、もう水神祭りもそろそろ後半に入ろうかという夜、タイス伯爵が宴席を中座されたまままなかなか戻っておいでになりませんので、ようすを見に、教えられたとおり下の階へ参ってみましたところ、タイス伯爵はちょうどそのローラを椅子にしばりつけて拷問しておられるところでございました」

「嘘だ」

タイ・ソン伯爵がたまりかねたように叫んだ。

「でたらめだ。この裏切り者の色子め。口から先に生まれた呪われた悪魔の子め」

「静かに、タイス伯爵。これは証言なのだぞ」

エン・シアン宰相が注意した。それでもタイ・ソン伯爵は黙ろうとせず、マリウスを罵ろうとしたので、ついに、エン・シアンはかるく手をあげて合図した。

ただちに、リー・トウ将軍の手の者の騎士たちが二人、さっと槍の穂をあげて、両側からタイ・ソン伯爵を、槍を交差させておさえつけた。これにいっそうタイス伯爵は腹をたてて、それこそゆであげたように真っ赤になったが、さすがにへこたれたようすで少しだけ口をつぐんだ。

「続けるがよい。マリウス」

「有難うございます。タイ・ソン伯爵はローラを椅子にしばりつけ、かなり残酷な拷問を加えておられました。ローラはすっかり弱っているようでした。それをみて、僕は――お恥ずかしい話ですが、ローラのほうはおとなしくしていたのですが、僕のほうは本当は道中、何かにつけてグンドがローラを我が子を生んだ女として大切にしていることに悋気していたのでございます。色子の料簡の狭さとでも申しましょうか――それゆえ、そこでローラがそうしてもう半死半生になっているのをみると、僕はむらむらとしてきて、それでタイス伯爵に、早くこんな女、殺してしまってくれとお願いしました。それをきいて、ローラは悲鳴をあげましたが、タイス伯爵さまは喜ばれ、お前がそういうなら、もうカタをつけてしまおう、お前につけさせてやろうと……」

「嘘だ。口からでまかせだ。俺をおとしいれようとするワナだ」

タイス伯爵が叫んだ。だが、槍に制せられたままだったので、その声はさきほどよりはよほどおとなしかった。

「それで僕は、『ローラを殺させてくれるの？』と喜んで叫びました。伯爵は僕に、となりの部屋にくるようにいわれ、そこをのぞいてみますと、そこにはまんなかにあげぶたがあいていて、その下に深い深い穴がみえました。ちょっとそのへんのものを落としてみると、その中にはかなり深い水がたまっていることがわかりました。——僕は伯爵と一緒に、椅子に縛られたままのローラを椅子ごととなりの部屋に運びました。そうして、伯爵が『突き落とせ』と命じられましたので、僕はローラを椅子に縛りつけたまま、そのあげぶたから下に落としました……」

「あああ！」

つんざくような悲鳴をあげたのは、タリク大公だった。

4

「殺してしまった！　殺してしまったのか！　ああ、本当にお前たちはローラを！　なんてことだ、なんて可哀想な——なんてひどい、なんてひどいことを！」

「おそらくかなり元気な人間でも、あの水のなかに、しかも縛りつけられたままおとされてはひとたまりもありますまい。しかもローラはあのとおり病弱できゃしゃな非力な女の上、それまでにさんざんタイス伯爵に拷問されて、瀕死の状態になっていました。それでも、ローラは落とされる瞬間、恐しい悲鳴をあげて、助けてくれるよう頼みました。でも僕はそれを無視して、えいとばかりに椅子を押し、ローラを落としてしまったのです。しばらく僕はあげぶたの上からのぞいて下のようすをみていました。しばらく下からは弱々しい苦悶の悲鳴が聞こえていましたが、やがて、それは突然ぱったりととだえ、そして苦しそうに暴れてもがく水音もしなくなったので、僕にはローラが息絶えたことがわかりました……」

「あああ！」

大公は髪の毛をかきむしった。

かぶっていた大公の略冠をほうりすて、髪の毛をかきむしりながら、悲痛な声をあげ、顔をおおって涙にかきくれた。アン・ダン・ファンとエン・シアンはそっと目を見交わした。

「ああああ！　ローラ——ローラ、ローラ！」

「もう、下からは何の物音もしなくなり、そのかわりに、おそらく水のなかに棲む魚たちが集まってきて、思わぬ新しい御馳走を食べはじめた音がしはじめたので、僕はちょっと怖くなってあわててあげぶたをしめましたが、そのなかからはまだ、ばきばき、ぼりぼりという骨を噛む音や肉をかみちぎる音や……」

「わあああっ！」

大公は絶叫した。

「やめろ。やめてくれ！　エン・シアン、リー・トウ、この男をとらえろ！」

「何ですって」

マリウスは血相をかえた。

「何をおっしゃるんですか。僕は——あの闘技場で約束なさったではないですか。僕が証言にたつかわりに、僕の罪のほうはお目こぼしにあずかれる、というのが、証言をする条件だって——だから、僕は、なにもかもありていに……」

「うるさい。お前だ。お前が殺したんだ！」

大公はいきなり、脱ぎ捨てた略王冠をひっつかんでマリウスにむかって投げつけた。憎悪と嗔恚《しんに》のあまり、どうしてよいかわからなくなってしまったように見えた。

「お前がやったんだ。お前が嫉妬からローラを殺してしまったんだ！　そうしてタイ・ソンとその娘は、娘を大公妃にしようというあさましい欲望のために、何の罪もない女をおとしいれて殺させてしまったんだ！　ひっとらえろ。タイ・ソンとその娘もとらえろ。みんなローラと同じめにあわせてやる。全員地下牢に放り込んで魚に食わせてやる！」

「何ですと……」

タイス伯爵はとびあがろうとしたが、ぐいと両側から、交差した槍におさえつけられた。

「あたしが何をしたっていうのよ！」

同時にアン・シア・リンは絶叫して、これはおさえつけられていなかったので飛び上がった。あわててタイ・メイ・リンがひきとめようとする。たちまちあたりは蜂の巣をつついたような騒ぎになった。

「ええい、しずまれ、しずまれ。静まらぬか」

にがにがしげにアン・ダン・ファンが叫ぶまで、騒ぎはおさまらなかった。

「なんという騒ぎだ。これでもタイスの最高施政者たちが集まっているのか。タイスとクムの重鎮、頭脳がここに集結しているはずではなかったのか。――閣下、確かにこの者どもはまつりごとを私し、いたって不埒なるふるまいをいたしました。しかし、だからといって、かりそめにもタイス伯爵たるものを、公的な裁判にもかけず、非公式のこのような審問だけで、そのように処刑をいたすわけには参りませんぞ。そのようなことをしたら、今度はクムの施政者そのものが、さきほど非難したタイス伯爵のしようとまったく同じ無法をはたらいたとのそしりをうけることになりましょう。さようであろうな、エン・シアンどの」

「ご老体のおおせのとおりでございます。ここは、タイス伯爵及びその一家をとりあえず監禁し、看視をつけ、ともかくも本日の水神祭り後夜祭が無事終わりますまでは、タイスにいらざる騒擾のおこることのなきよう、ことの一切をふせたまま後夜祭を終わらせ、水神祭りが無事終了後、あらためてタイス伯爵タイ・ソン及びその息女アン・シア・リン姫をルーアンに護送して、公式の裁判にたたせるのがよろしかろうかと存じますが」

「………」

エン・シアンのことばにも、アン・ダン・ファンのことばにも、当然の理があることは、さしも興奮したタリクにも、わからぬわけにはゆかなかった。

それゆえ、タリクはむっつりとくちびるをかみしめて黙り込んでしまった。だが、黙っていられなかったのは、これをきいていたタイス伯爵とその娘たちであった。

「なんで、あたしが裁判になんかかけられなくちゃいけないのよ！　あたしが何をしたっていうの！」

アン・シア・リンは目をつりあげて叫びはじめ、ここがどこか、ということも、誰の御前かということも完全に忘れてしまったようだった。あまりにも絶叫しつづけてやまないので、ついに、エン・シアンは「ご息女をそちらの別室に連れていって、落ち着くまで休ませるように」と命じなくてはならなかった。

アン・シア・リンは、なおも叫び続けながら、リー・トウ将軍の部下の騎士たちに引っ立てられていった――あまり、お手柔らかというわけにもゆかなかった。なにしろアン・シア・リンはかなり大柄な上にがっちりと肉がついていたし、そのアン・シア・リンが、怒りにまかせて手当たり次第にもがいていたからである。妹のタイ・メイ・リンはまだ少女であったし、うろたえきって左右を見回していたが、「お姉さまをつれてゆくなら、あたしがつきそうから連れてって！」と叫んで、必死に姉のあとを追いかけていった。

「させておけ」

エン・シアンはいやな顔をしてうなづいた。タイス伯爵のほうは、突然の破滅をどう考えてよいかわからぬ、というように、こんどはただ茫然となってしまっていた。その唇からもれたことばは、だが、まさしく、この快楽の都タイスの支配者がさいごに口にするにふさわしいうらみごとであったと云わねばならなかっただろう。

「何故だ、小鳥ちゃん……」

タイス伯爵は、うつろな顔になりながらつぶやいた。

「あんなに、可愛がってやったのに——あんなにきのうの夜だって、わしの腕のなかで悦んでいたのに。いったいなんだってこんなに突然、わしに刃向かい、わしに噛みつくような裏切りをはたらくのだ。何が不足だったんだ——こんなにすてきな首飾りだって祭りの衣裳だって、なんだってそろえてやったじゃないか。あんなに大事にしてやっていたのに——なんで突然さえずるのをやめたんだ。なんで、いきなり……わからぬ。何が気に食わなかったんだ。ああ、目の前が真っ暗になりそうだ」

そうつぶやくと、タイス伯爵は茫然と、御前であることも忘れて座り込んでしまった。

「タイス伯爵タイ・ソンを引っ立てよ！」

エン・シアンが命じた。

「そしておってのの沙汰があるまで、厳重に監視をつけ、一室に監禁せよ。誰にもあわせてはならず、誰とも口をきかせてはならぬ。そして、水神祭り終了後に、ルーアンに護送し、そこであらたにこの罪状を糾問するということになろう」

「この城はタイ・ソン伯爵の居城です」

マーロールが素早く云った。

「伯爵はこの城の構造を知り尽くしております。よほど注意しなくては、地下の迷路を通って逃亡してしまいましょう」

「逃げぬよ」

ふいに、それをきいていたタイ・ソン伯爵がうつろな声で云った。

「逃げるものか。地下の水牢の迷路をくぐってどこに逃げられるというのだ。そんなことはわしが一番よく知っている。しかも……しかも、もう、生きるのぞみさえもたえはてた。あんなに可愛がっていた小鳥ちゃんにそむかれて、わしゃもう生きる楽しみもない。どうとでもしろ。何がどうでもかまわぬ」

そうつぶやくなり、タイス伯爵は石にでもなったように、動かなくなってしまった。エン・シアンが、それを連れ去るように合図しようとしたが、タイス伯爵はびくりとも動こうともしなかった。

「立たれよ、タイス伯爵」

騎士たちが声をかけても動かぬのをみて、ついに大柄なリー・トウ将軍がじきじきにタイス伯爵に近寄って声をかけたが、タイス伯爵はまるで何ひとつ聞こえぬかのように、おのれの物思いのなかに深々と沈み込んでしまったかのように見えた。

「この者はいかがいたしましょう」

騎士長がリー・トウ将軍にたずねる。将軍がふりかえってエン・シアン宰相を見ると、宰相はうなづいた。

「その吟遊詩人は重大な証人だ。ルーアンに連れていって、証言台に立って貰うことになろう。とりあえず、これもどこか一室にとじこめてかるく見張りをつけておけ。これは逃亡するおそれもあるまいし、それほど厳重でなくともよろしかろう」

「僕の罪を見逃してくれるというから証言したんですよ」

マリウスはなおも抗議した。

「それなのに、約束が違う。違いすぎる」

「やかましい。そのような話はおってルーアンですればよろしかろう。さ、連れてゆけ」

「待ってくれ。でももし僕を処刑するというんだったら、僕は証言なんかしないからな」

「するさ。させようと思えば、いくらでもその方法はあるのだ」

さすがに、タイスでなくとも、クム気質は同じところをみせて、エン・シアンが云った。

が、マリウスはエン・シアンをにらみつけた。

そのときであった。

「申し上げます」

あわただしく、ドアをノックして、駆け込んできた小姓が、室の入口で膝をついた。

「どうした。何かあったか」

「は。ただいま、奥よりの知らせが参りました。——ルーアンのガンダルと闘い、勝利したものの、重傷を負って手当を受けておりました、タイスの新大闘王グンド、ただいま、出血多量のために、死亡いたしましてございます！」

「なんだと」

いきなり、石になったのか、と見えていたタイス伯爵が顔をあげて、激しくそちらをふりあおいだ。

「グンドが、死んだ」

「は、そのように、知らせが参ってございます」

「グンドも死んだのか……」

タイ・ソン伯爵は呟いた。

それから、一世一代——とでもいった、からだのなかのすべての息を吐き出すかのような深い、巨大な溜息をついた。

「そうであったか。——ならばもう、思い残すこともないな……処刑するならするがいい。もう、わがことは終わった」

「グンドも死んだか」

一瞬、あの壮絶なガンダルとの戦いに思いをはせるかのように、エン・シアンはつぶやいた。タリク大公は、なんとなくぎくっとしたようにあたりを見回し、ひさびさにわれにかえったように見えた。が、また、ローラの死の悲しみが胸をふさいだかのように、うなだれて、両手で顔をおおった。

「もう、すべてののぞみは絶えた。どうにでも、好きにするがいい」

タイ・ソン伯爵は云った。そして、もう何も口をきかず、立ち上がると、のろのろと、リー・トウ将軍の部下の騎士たちに両側から腕をつかまれるのをふりはらい、室を出ていった。騎士たちがそれに続いた。

「連れてゆけ」

エン・シアンがあごをしゃくった。別の騎士たち四人が、マリウスをこちらは何も遠慮がなかったので、かなり手荒にひったてて、室を出てゆくまで、誰も口をきかなかった。

「そうか。あの男も死んでしまったか。無理もない、相当な深傷をおっていたからな……」

エン・シアンはアン・ダン・ファンを見て、言い直した。

「それでは、今年の水神祭り闘技大会の、大平剣の部の優勝は、さいごに生き残ったもの、ということになりますな。——ということは……」

「三位につけたアシュロンということになるな」

いかにもクム人らしい闘技好きをのぞかせて、アン・ダン・ファンが面白そうに云った。もとより、グンドとは、この水神祭りではじめて目のあたりにしたというだけの間柄であったし、しかもそれは、長年ルーアンの誇ったガンダルをついに、永久にしとめてしまった男であった。その健闘をこそたたえもすれ、その死をいたむというほどの思いは、ルーアンの側にはなにもなかったのだ。

「はい、規定により、ただちにアシュロンが新大闘王たるべく、呼び出されて、マヌの神殿に向かっております。また、かなりタイス市内では、水神祭り後夜祭の開催がとどこおっておりますので、市民たち、観光客たちをまじえて群衆が興奮しはじめておりまず。タイス騎士団が全力でそれをおさえておりますが、このまま日没をむかえますと、かなり群衆の制御は困難になってしまうのではないかと思われます」

「後夜祭ははじめなくてはならぬな。どうあっても」

アン・ダン・ファンが云った。

「それはもう、タイス伯爵ぬきではじめなくてはなりますまい。しかし困りましたな。タイス伯爵なしでははじまらぬ行事がたくさんあるのですけれどもね」

「そんなことは、とりあえずここにはタリク大公閣下がおいでになるのだ。大公閣下がなされればよかろう」

「むろん、閣下にお願いしてすむことは、それでよろしいのでございますが――しかし、あくまでも、水神祭りはクム全土のでも、ルーアンのでもなく、タイスの祭りでございますのでねえ……タイスのものたちが、なんというか――また、タイ・ソン伯爵が登場せぬ理由や、何がおこったかということについても、ちゃんと得心のゆく説明を与えてやらぬことには、なおさら騒ぎが大きくなってしまいましょうし……」

「ならば……」

アン・ダン・ファンが、ゆっくりと云った。きらりと、白い長い長者眉毛の下で、そのおちくぼんだ目が光った。いかにもそのさまは、老獪そのものというように見えた。

「このさいだ。もういっそ、もとタイス伯爵タイ・ソンの逮捕と拘束をあきらかにし、そして、あらたに、新タイス伯爵――あるいはまだ、いまのところは、タイス伯爵代理でもよいが、代理の者に、後夜祭でタイス伯爵のつとめるべき役目をさせてはどうなのだの」

「それはもちろん、拘束したからには、タイ・ソンにさせるわけには参りませんし、いま自分で申しましたとおり、タリク大公閣下にお願いするというわけにもゆきませんのですから、それは代理をたてなくてはなりませんでしょうが――新タイス伯爵？」

「おぬしとても、そのように思っていたのではないのか、エン・シアン？」

フォフォフォフォフォ、とアン・ダン・ファンがいかにも老人らしい声で笑った。

「どのみち、タイスには新しい領主が必要じゃよ。もう、こうなった上からは——ことに昨今、タイスにはミロク教徒が他のクムの都市の何倍も早い速度で増加していることもあるでな。そのミロク教徒を罪なくして惨殺したとあっては、とうてい、タイ・ソンにはタイス伯爵の資格はないと立証したことになったと思ってよろしかろう。——だが、幸いにして、ここには、れっきとした、そのタイス伯爵の血筋をひく——しかも直系の男子がおいでになるのではないのかな」

「おお！」

いかにも、「いま突然そのことに気付いて、驚いた」というような顔をつくりながら、エン・シアン宰相が、大きくぽんと手をたたいた。

「これはこれは、すっかり失念しておりました！　さようでございましたな、ここにおいでのマーロールどのは、タイ・ソン伯爵の直系の、というか、唯一の男子でおられたのでしたな」

「え……？」

ようやく、タリク大公は、何が話されているのか、ということに少しだけ興味をもったようだった。

すっかり、ローラの死の悲嘆にくれて、おのれの悲しみに沈み込んで涙にかきくれていたのだが、ふと顔をあげて、あたりを見回した。

「いま、なんといったのだ、エン・シアン?」

「さよう、大公閣下」

エン・シアンはなだめるように、つと大公のかたわらに寄ってその背に手をかけた。

「大公閣下のご傷心はまことによくわかります。お察し申し上げます。しかしながら、タイス市民も観光客たちもかなり情勢が切迫しつつあり、しかも新しい大闘王も死したとあっては、なんとかして早急に事態を収拾せぬわけにはまいりますまい。——このマーロールどのは、かねてより、タイスでは非常に人気のある闘技士であられたときいております。——それが、実はタイス伯爵直系のあとつぎであったとわかったからには、むろん——」

「え……?」

「マーロールどのが、罪人として拘束され、タイス伯爵たるの権限を失ったタイ・ソンにかわって、新しいタイス伯爵となられるというのは、べつだん、何の不思議もなきなりゆきかと……」

「その男を新しいタイス伯爵に?」

一瞬、タリク大公は、いささか気に入らなげな目つきで、じっとすべてを黙って見つめているかのように静かにひかえていた、マーロールの真っ白なすがたを見回した。

「僕よりもようすのいい若いタイス伯爵が誕生するというのはなんとなくいやだな」

思わず、タリク大公は《愛する女》の死の悲しみにひたりきっていたことさえ忘れてひとりごちた。そして、じろじろとさらにマーロールを見つめた。タリク大公の《容姿端麗》にはいささか、大公なるがゆえの阿諛追従《あゆついしょう》、といったところがあったが、誰がどこからみても、マーロールには一切そうしたけちはつけられそうもなかった。マーロールは、黙ったまま、静かに決定を待っていた。その冷静なおもてには、何の表情も浮かんでいなかった。

「マーロール伯爵が誕生すれば、クムはパロどころではない、世界でもっとも、うるわしい大公閣下とうるわしいその右腕をもつ国家になるではございませんか」

もう、タリクのつぼはよくわきまえているエン・シアンが、つとタリクの肩に腕をまわして、その耳にこそこそとささやいた。タリクはしばらく、眉をしかめて考えていたが、ようやく、そのおもてが、少しだけ明るくなってきた。

「そう――かな」

「さようでございますよ。おふたかたが並べば、まさに、どこの国の宮廷にもためしのないようなうるわしい眺めとなりましょう。これはなかなかのみものでございますよ――それに、大公閣下とマーロールどのでは、まったくおもむきが異なっておりますゆえ、それこそ、二つの違う種類の花といったようすになりましょうし」

「そうかな……」

「何はともあれ、いまはこの後夜祭を切り抜けなくてはなりませんからね」

エン・シアンはさらに声をひくめて、タリクの耳にささやきを吹き込んだ。

「もしも後夜祭で何か不手際があったら、そのときにはこの新伯爵代理に責任をおしつけて、すべての責任をしょわせてしまうことも出来ますよ。でも、とにかく誰かはタイス伯爵のかわりをつとめなくてはなりますまい。それには、この男ほどちょうど手頃なものはおりませんよ。タイスでの知名度もございますし、人気も申し分ございませんし、見た目も華やかですし」

「そうだなあ……うむ、そうかもしれないな……」

ひそかなこの、いささかぶしつけなとりざたが目の前でなされているあいだ、マーロールは何ひとつ聞こえぬかのように、仮面のような無表情でそこに膝をついたままでいた。

「よかろう、決まった」

アン・ダン・ファンが声をあげた。

「さあ、時間がない。時がうつるぞ。早く後夜祭をはじめなくてはならぬ。早く、市民たちに、あらたなタイス伯爵がいずれ誕生すること、その候補が今宵の後夜祭でタイス伯爵代理をつとめる、ということを知らせてやらなくてはな」

「ということになりそうだが、マーロールどの」

いまさらのように、エン・シアンが、にやりと笑みを口辺にただよわせながら云った。

「このような非常事態ゆえ、まことに非公式なままのお願いにはなってしまうが、拘束され、ほどもなくルーアンにて裁かれることと決定した現タイス伯爵タイ・ソン一家にかわり、タイ・ソンの子息マーロールどのに、新タイス伯爵、当面はタイス伯爵代理をつとめていただくことは可能であろうか？　むろん、ルーアンの大公政府は全面的にマーロール新伯爵を後援し、そのタイス統治を援助するということを約束するものだが」

「私にはべつだん、何の異存もありませぬ」

マーロールは静かな、落ち着いた声で云った。

「タイス伯爵になろうと望んでこのような告発をいたしたわけではございませぬが、もしも、そうなることでタイスの平和と秩序とが保たれるのであれば、謹んでその御命令、お受けいたしましょう。たとえタイスの地下水路のなかで太陽の光一つあびることなく育ったとはいいながら、わたくしもまた、まぎれもない忠誠なクム国民のひとりであることには、何の相違もございませぬゆえ」

「そういってくれると、いちだんと心強い」

エン・シアンが満足げにうなづき、アン・ダン・ファンも、にったりと破顔した。

「これは、またたいそうみばのよいタイス伯爵が誕生することになりそうじゃな」

アン・ダン・ファンは満足そうに何回も首をうなづかせながら云った。

「かのクリスタル大公アルド・ナリスにさえ比肩すべき、うるわしく、かつレイピアの名手たるタイス伯爵じゃ。これは、また、いちだんと、タイスのよびもののひとつになりましょうぞ。これはよい、これはよい」

「では早速、そのだんどりをととのえて、市民たちに発表するさんだんに参りましょう」

エン・シアンが云った。タリクはなんとなく騙されたのではなかろうか、というような不安を感じたように、きょろきょろと左右を見回した。ようやく、この長いたいへんな一日にも、日没が——後夜祭の開始をつげる刻限が迫りはじめていた。

第三話　グンド死す?

1

遠くで、何か、異様な騒擾とも、さざめきともつかぬどよめきが、つねにこの夜の底にひそんでいるようであった。

すでに、水神祭りの後夜祭――かの噂に高いクム名うてのらんちき騒ぎの幕は切って落とされているのだ。

たとえガンダルが死のうが、それを倒した新大闘王が非業の最期をとげようが、また、このタイスの支配者たるタイス伯爵がどうなろうと、一瞬おどろかされることはあっても、結局のところ、そんなことは、このしんそこ腐敗した、だがしんそこ陽気で享楽主義に骨の髄までおかされた連中にとっては、まったく『どうでもよいこと』であった。どうでもよい、というのがあまりにも言い過ぎであるとしたら、少なくとも、驚きはしても「考えてみても、しかたのないこと」であった。タイスのものたちにはれっきとした哲学があったのであり、それは、「人として生まれたからには、必ず死ぬ」ことであり、「だからこそ、生きているあいだに目一杯楽しむ」ことであった。

その意味では、この堕落した都市は確かにミロク教の教義の最大の敵対者でもあったし、また、それなりに、ただ私利私欲ではなく、タイスとしては当然の美学と哲学とによって動かされていたのである。それゆえ、水神祭りにタイスにらんちき騒ぎを楽しみにやってくる連中のほうがかえって、タイスのそのような哲学と覚悟を持たぬまま、たまにそのタイスの豊饒な実りの一端を味わおうとする、いじましいひとびと、といえないこともなかった。

だが、そのようなゆきずりの旅人たちも、またタイスのものもこの祭りで思いきりもうけたものもそうでないものも、全員が一緒くたになって楽しもう、楽しめるだけの果実の甘い汁をこの一夜から吸い取ろう、というのが、この後夜祭――ミロク教徒の目からみれば、さぞかし「呪われ、堕落した異教徒たちの淫らな狂った祭り」であったに違いない――の真骨頂であった。むろん、この祭りの趣旨を受け入れないもののためには、たとえこの夜にタイスにいても、らんちき騒ぎと乱交に参加しない方法もちゃんと残されてはいたが、そのようなものは本当にきっすいのがちがちのミロク教徒以外はごく少数であっただろう。この祭りの趣旨をいとうものたちは、もうとっくに、水神祭りが終わるよりも早く、タイスを出ていってしまっていたからである。入るにきわめてやすく、出るのに難いといわれるタイスも、この時期には、きわめて大勢の観光客たちが世界各国から訪れることもあって、比較的出入りが自由であった。いや、平生に比べれば、別の都市のように自由であった、とさえもいえただろう。

さまざまな椿事が出来《しゅったい》したために、恒例のように日没と同時にとはゆかなかったものの、それでも、それほど大幅に遅れることなく、新タイス伯爵——当面はあくまでも「暫定的」と説明されたのだが——マーロールによって、水神祭りの終結と後夜祭のはじまりが宣せられ、そしていよいよこの驚くべき長期間の祭りのクライマックスの一夜がはじめられた。だが紅鶴城では、中庭すべてを開放して、まずは飲み放題、食べ放題の祝宴が用意されており、本当のらんちき騒ぎになるのは夜更けになってからのはずであった。いかに好色といえど、少なくとも城の住人たちには多少の面目というものはあったのである。

それで、市中はきのうの夜までとはうってかわってあかりも消え、一方ではあちこちまだちらちらと残るあかりがかえって意味ありげに見えながらも、なんとなくあやしげに夜全体がうごめきつづけているかのような淫靡な風情を漂わせていたけれども、紅鶴城そのものは、比較的まだ落ち着いていた。ことに、城の奥のほう、身分の高いひとびととの往来する本丸のあたりは、この悪名たかい後夜祭の真っ只中とは思われぬくらいに、ひっそりとしている区画もたくさんあった。むろんなかには、すでに意中の相手としけこんでしまったために、ぴったりと扉をしめきってあかりも消している室もいくつもあったのは当然である。

だが、さらにその奥の、この城の支配者たるタイス伯爵が居住するあたりともなると、そこはもう、静かどころか、まるで戦時中ででもあるかのようなぴりぴりとした緊張感をたたえて、おそろしいほどにしずまりかえっていた。すでに、その一画を取り仕切っているのは、クムのよろいかぶとを身につけ、タイス伯爵の紋章をつけたタイス伯爵騎士団の騎士たちではなかった。

本丸のなかほどあたりから奥はすべて、例のあの黒いフードつきのマントをつけ、威嚇的な剣をつけた、マーロールの配下の水賊たちが封鎖しており、それらに誰何されひきとめられることなしには、これまでタイス伯爵の側近として出入り自由であったものであっても、一切奥への出入りは許されなかった。

そのあたりの一画はいわばまったく、水賊たちによって占拠されたといういさいをなしていた。うかうかと事情を知らぬタイスの重臣が、あるじに報告を持って、あるいはあるじから指令をうけようとやってくると、ただちに取り押さえられ、もうこのあたりはタイス伯爵タイ・ソンに支配されている場所ではないのだと告げられた。だが、その急な権力の交替に仰天するものたちも、後夜祭の開幕を告げる儀礼とともに、タリク大公がクム大公の名において、タイ・ソン伯爵は反逆の疑いにより逮捕拘束されていること、そして当面暫定的ながらその代理として、新しいタイス伯爵をタイ・ソン伯爵の妾腹の男子であるマーロール卿がつとめることを宣言したので、しだいに少なくなっていった。そうして、夜がだんだんふけてくるころあいには、もう、このおどろくべきクーデターについて、知らぬものは、タイスには誰もいなくなっていた——もっとも、本当に本当の真相について知るものもまた、誰ひとりいはしなかったのだが。

その緊張した空気のなかで、マーロールの手勢の水賊たちは、とりあえずタリク大公の許可を得ていることを証明するよう、タイスのはたじるしを一小隊につき一本あたえられ、それを持って本丸の奥の警護にあたっていた。むろん大公がルーアンからともなってきた大公騎士団の騎士たちは何もかわることなく大公とその重臣たちの警護の役についていたが、かれらにはまた、もとより気の毒ながらあまりこの後夜祭はかかわりのない行事であった。

まだ、すっかりとは、音楽もおわっておらず、あるいはむしろ逆に、後夜祭になってから演奏をはじめたものもあるのか、風にのってかすかなジャランボンの音や、キタラのひびきがきこえてくる。ロマンチックな一夜だけの恋のかたらいにいっそうの興趣をそそるよう、マイヨーナの神殿の伶人、楽人たちはこのどんちゃん騒ぎには加わらずに一夜音楽をかなで続けるのだ。あかりはきのうまでの半分もなく、いや、まるでタイス全体が深い闇にとざされてしまったかのように、ぽつりぽつりとしか見えなくなっていたが、今宵は月がことのほかこうこうと照っているので、あやめもわかたぬ暗がりというほどのこともなかった。月あかりで一夜かぎりの恋をかたらう男女たちはもう、港といわず市中の広場といわず、いたるところで相手を捜しもとめ、あるいはもうどこかに身を隠しているのだろう。

一方では、まだ飲み足りないというものたちは、水神広場だの、ロイチョイでもあちこちで酒のおおばんぶるまいがはじまっていたので、そこにゆけばべつだん金もはらわずとも、どこの誰かがわからずとも、飲んだり、食ったりすることも出来たし、そこで相手を物色することもできた。ことにロイチョイは年に一回だけのご恩返し、ということで、盛大なふるまいを用意していた。そういうあたりからは、嬌声や笑い声、だみ声の叫びなどがまだ風に乗ってきこえてくる。

「今宵は、一晩じゅう、みんな楽しむようでございますな」

そっと、室に入ってきて、窓辺の椅子に座っているタリク大公に声をかけたのは、エン・シアン宰相であった。

「今宵はたとえ大公閣下その人といえど、無礼講ということになっておりますが、町へは、出ておいでになりませんので？　おいでになりますなら、警護のものをおつけいたしますが。それだけは、さすがに大公閣下には、おつけせぬというわけには参りませんので」

「ああ、エン・シアン」

タリク大公は、ぼんやりと外の気配に耳をかたむけていたのを、ようやく少しだけ我にかえったように、顔をふりむけて、宰相を見上げた。

「僕はとうていそんな気持にはなれない。こののち一生、そんな浮き立った楽しい気持になど、二度となれることがあるものかどうかさえ、わからないよ。僕はいま、失意と悲しみのどん底にあるのだ。そんな、どんちゃん騒ぎでお忍びでうさを晴らせなどと心ないことを云わないでくれ。いま、僕は、一生の妻と心に決めた相手を失った悲嘆のどん底にあるばかりなのだ」

「これは、また……」

エン・シアンはいささか困惑したおももちで云った。

「むろんいろいろお気に召したのであろうとは存じておりましたが、一生の妻とおおせられるほどにまでとは——それほどまでに、そのグンドの妻という女がお気に召してしまわれましたので……」

「お気に召したなどというものではない。あれは、恋だったんだ、エン・シアン。あれは、僕の、一生にただ一度の恋だったんだ。もう二度とは訪れない。ああ、僕の天使——僕の探しもとめていたひと。だがもうそのひとはいないんだ。なんて悲しいことだろう。こんな悲しい思いをするくらいだったら、いっそのこと、タル・サン兄上が殺されたあのアルセイスの惨劇のおりに、僕もひと思いに殺されてしまっておればよかった」

「何をおっしゃるんです」

驚いてエン・シアンは叫んだ。こちらはまた、かりそめにもクム宰相という重責のある立場として、まったく後夜祭の相手かまわずのらんちき騒ぎになど加わるつもりなどなかったのだが、大公がそうしたがる分にはべつだんとめるつもりはなかった――というよりも、たまには大公に羽根をのばさせてやらないとまずいのではないか、と考えていたのだ。というのも、昨年までは、大公は、ルーアンの大公宮では決して出来ないような、そういうお忍びの無礼講が出来る機会をやっきになって欲しがっていたからだった。

「なんということをおっしゃるのですか。とんでもない。大公閣下に万一のことでもあったら、このクム大公国はたちゆかなくなって消滅してしまうのですぞ」

「そう、この国の存続はいまや僕ただひとりの肩にかかっている。そしてこの国を無事に繁栄しつづけさせられるかどうかも、この僕がめでたく結婚し、男の子を持って世継を得られるかどうかにかかってるんだ」

タリクは元気なく云った。

「僕なんか、要するにただの種馬だ。僕が誰だろうと、どんな男だろうと、どんな希望や夢をもっていようとそんなことはどうだってかまやしない。要するに僕がタリオ大公の息子であり、クム大公家の直系の男子である、っていうことだけが僕の取り柄なんだ。そうでさえあればたとえ本当はタルー兄上だろうとタル・サン兄上だろうとかまわなかったんだ。たまたま僕しか生き残らなかったから――クム三公子とうたわれたなかで、無事にいままで生きているのは僕だけだったから、だから、みんな僕を大公にしただけなんだ。――なんて、むなしい人生だろう。要するに僕が誰だろうと本当はどうだっていいんだ。僕がタリオ大公の血をひいているという、そのことだけが問題だったんだ。

――ああ、だけど彼女はそうじゃなかった。彼女だけが、僕をひとりの、ありのままの人間として見てくれた。だけどその彼女はもういない。ああ、彼女はもういないんだ……なんて短い恋だったんだろう。本当に、まるで僕に……僕に本当の恋とはこういうものだ、ということを教えてくれるためだけみたいにあらわれて、そしてむざんにも殺されてしまった。僕にただ、こんな短い恋のよろこびと悲しみだけを残して……それだのにこれから夜の街に出ていって、どこの誰とも知れぬ仮面をつけた女を抱けなんていうのか。信じられない。僕にはひとのこころなんかないと思われてるのかしら」

「とんでもない」

困惑してエン・シアンは云った。正直のところ、かなりの実際家でもあれば、策略家でもあるエン・シアン宰相は、タリク大公よりは、それほどものすごく年長だったわけではないけれども、タリクとは比較にならぬくらい世慣れていることをもって任じていたが、その目からみれば、それは恋というにはあまりにも短いちょっとした心の揺れとしか思われなかった。だが、タリクがすっかりその《悲恋》そのものに夢中になり、すっかり、愛する清らかな身分違いの恋人を残酷に殺されたという、悲劇の主人公の気分にひたりきってしまったのだということも、タリクをよく知っているエン・シアンにはいやというほどよくわかっていた。

「そのようなつもりで申し上げたのではございません。お気に障ったのでしたらお許し願いとう存じますが、ただわたくしは、閣下がお気晴らしになるようでしたら、と存じてそのようにうかがいましたまでで……」

「僕はもう一生夜の町へなんかさまよい出てゆかない」

悲嘆にくれてタリクは叫んだ。そしておのれの叫び声でまたあらたな悲しみを誘われて、柔らかい手布をとりあげてまたはなをかんだ。もう、さきほどからずっと啜り泣き続けていたので、鼻も目も真っ赤になってしまっていた。

「そう、もう——一生夜の庭園へも出てゆかない。あのときどうして僕は、あのすっぱだかでひとの寝床に忍び込んでいた怪物から逃げ出して、月の光の美しい庭園になんか出ていったりしたんだろう。そのおかげで僕はあのひとに出会ってしまった。出会いさえしなかったら、こんな悲しい思いをすることもなかったのに。あのひとに、あんな悲しいむごい運命をたどらせることもなかったのに。そうしてあのひとはいまも、幸せに生きていられたのに……ああ、どうして僕はあのひとと出会ったりしてしまったんだろう。僕はもう一生……一生夜の庭になんかゆかない」

「しかし、もともと、失礼でございますが、その女性というのは、グンドの妻だったわけで……」

ためらいがちにエン・シアンは云った。タリクはエン・シアンをにらみつけた。

「そんなことはわかっている。だが、話をきくほどに、そのグンドは、あのおぞましい色子、タイ・ソンに気にいられればあっという間にタイ・ソンに見かえてしまうような、そんなとんでもない淫乱な色子のほうを気に入って、おのれの子供まで生んだ妻をないがしろにしていたそうじゃないか。しかもあんな貞淑でつつましやかな、おとなしい妻を。だったら、その妻を僕が幸せにしてやろうと思ったところでどこが悪いんだ。第一グンドは死んでしまった。彼女は生きていたって、もう、寡婦の悲しみを味あわされるだけのことだったんだ。だったら、僕がグンドから奪って幸せにしてやったほうがずっとマシだったじゃないか」

(なんとなく、論理が変だな)

エン・シアンはこっそりひとりごちたが、もちろん、主君にきこえるような声ではなかった。

「だけどもう遅い。すべては遅すぎた。彼女は死んでしまった。なんて可哀想な死に方をさせてしまったんだろう……まだ小さい子どももいるというのに。きっとどんなにか心残りだっただろう。いったいなんでこんな目にあわされるのか、理解もできなかったことだろう――ああ、でも、彼女はつつましくおとなしいミロク教徒だったから、きっと、こんな目にあわされても、恨むことさえなく、ただ清らかに彼女の神のもとに召されていったに違いない。それを思うといっそう彼女が可哀想でならない――あっ！」

「な、なんでございますか」

「彼女の子供だ」

いきなり、タリクは、飛び上がった。

「なんだって迂闊にも僕は気付かなかったんだろう。彼女の幼い子どもは、可哀想に母を失い、ついでこんどは父までもなくしてしまったんだ。なんて哀れな運命だろう。僕もまた、お父様を失い、二人の兄が殺し合いをするのに巻き込まれ、とうとう天涯孤独になってしまった。ああ、それを思ったらとうてい可哀想なローラの子供の運命はひとごとじゃない。――そうだ！」

「こ、こんどは何でございますか」

いくぶんびくびくしながらエン・シアンは聞いた。タリクは叫ぶように云った。少し顔が生き生きしはじめていた。

「そうだ、エン・シアン。彼女の子供を捜してくれ。確かゆき方知れずになったとかきいていたが、どうせ子供のことだ、この城から出てゆくことなんか出来ないんだから、まだこの城のどこかにかくれているに違いない。なんとかして彼女のわすれがたみを見つけだしてくれ。その子をひきとって無事に大きくなるよう、育ててやろう。そうやって、僕は彼女を失った悲しみを明日への希望にかえるんだ。そうだ、僕は彼女ののこした子供を養子にして僕の子として育ててやろう。そうしたら彼女もどんなにか天国で安心するだろう……ああ、そうだ。それがいい。素晴しい」

「な、何をおおせになりますので」

めんくらって、目を白黒させながらエン・シアンは云ったが、タリクが、どんな思いつきであったにせよどうやら本気らしい、と見定めると怖い顔になった。

「なりません」

「なんでだ、エン・シアン。彼女の子供ならば僕の子も同然じゃないか。だって彼女が生きていれば、僕は彼女を、こうなったからには間違いなく妻に迎えていたよ。たとえ、拷問によってどんな傷をおわされていようと、よしんばからだを不自由にされてしまっていようと——いや、もしもそんなことがあったらいっそう、あわれがかかって、僕は彼女を大事にしたいと思ったことだろう。第一彼女は聡明でつつましやかで、おとなしやかで——非の打ち所のないクム大公妃になり得たに違いない。エン・シアンだって彼女をひと目みたことさえあったらすべてが理解できたさ。僕の愛情も、彼女を失った僕のこの悲しみようも。――そう、だから、彼女を正妻に迎えたとしたら、彼女の子というのはまぎれもなく僕の子供にもなったわけじゃないか。だから、僕は彼女の子供を捜し出してわが子にしよう。そうだ、それがいい。ええと、男の子だったのかな。女の子だったのかな。どっちでもかまやしない。男だったら、それこそ、クム大公のあとつぎとして……」

「とんでもないッ！　いけません！」

　エン・シアンは叫んだ。

「なんでだよ。なんでそんなに怒鳴るんだ。そんな大声を出さなくたって聞こえるよ、エン・シアン」

「とんでもないことをおっしゃる。どこの馬の骨とも、氏素性さえ知れぬ女だそうではございませんか。ましてミロク教徒！　クム大公閣下がミロク教徒の素性も知れぬ女を妻に迎えた、などということがもしも近隣諸国に知れようものなら、それこそ末代までの笑いもの、いやいやそんな、それどころの話ではなく、それこそクム国内に内乱もおこりかねぬところです。そうでなくとも、我々はいまや、ミロク教団対策でしだいに苦慮しはじめておりますのに。とんでもない、絶対なりません。そのようなことをお考えになるさえ、クム大公としてあるまじき、もってのほかのお考えです。このエン・シアン、クム宰相として、断固として、そのようなお考えをお許しするわけには参りませんぞ！」

「怒鳴らないでくれ。悲しみにくれているというのに」

タリクはうめくように云った。

「わかったよ、わかったというのに。だから、その子供が可哀想だといっただけじゃあないか。なんでそこまでいたけだかに怒鳴らなくてはならないんだ。——ともかく、僕は悲嘆にくれているんだ。夜の街に、しかもらんちきさわぎの後夜祭に出て気晴らしをしてみてはなんて誘いさえしないでくれれば、ぼくはここで一人、彼女の思い出、彼女とのあまりに短すぎた悲しい恋の思い出にひたりながら、悲嘆にくれているよ」

「まあ、その、お心もかんがみずにそのようなことをおすすめしたのは、このエン・シアンが悪かったかもしれませんが」

エン・シアンはいささか仏頂づらで云った。

「ともかく、明日になればこの気狂いじみた後夜祭も、もちろん水神祭りもすべて終わって、タイスにもとりあえずは平和がやってくることになりましょうし。それに、ともかく、マーロール新伯爵はなかなか切れ者のようでございますから、私もアン・ダン・ファンどのも、いろいろとこの新伯爵と相談ごとをしなくてはなりませんし。閣下には、ユー・リン・シン将軍とリー・トウ将軍をおつけいたしますゆえ、明日そうそうにもうルーアンにお戻りいただき、さぞかしお疲れでございましょうし、ご心痛でもございますのですから、ルーアンでなり、あるいはバイアの離宮でなり、二、三日お休みいただいたらと存じます。お疲れをいやされて、また公務に戻られるころまでには、それがしもアン・ダン・ファン老もルーアンに戻っておりますから。——いろいろと手続きもございますし」

「バイアか」

ぼんやりとタリクはつぶやいた。

「あの離宮はあまり好かないんだ。あれも父上が作られたものだし。——僕もどこかもっと僕にふさわしい、僕の気に入ったしずかなところに、僕だけの小さなささやかな離宮を造ろうかな。そうして、本当はそこに彼女さえいてくれれば、申し分はなかったんだけれど、もうそれはいってもしかたがない。そうだ、画家に彼女の絵すがたを描かせよう。僕の記憶にあるかぎりの彼女の顔やすがたを説明して、宮廷画家に彼女の似姿を描いてもらおう。それとも像をつくってもらおうかな。そうして、それをこれからの心の支えにしよう。——お前にはわからないだろうけれど、エン・シアン。僕と彼女は確かに前世で結ばれていたんだ。僕と彼女は出会うさだめだったんだ。それは愛の神が——呪われた愛と快楽の女神サリュトヴァーナじゃなく、神聖な愛の女神サリアが僕と彼女を出会わせるようにさだめられていたんだ。彼女を見たとたんに、僕は確かにこのひととはかつて会っている、という感じがした。とてもとてもよく見知っている、この顔も声もしぐさもよく知っているという気がしてならなかったんだ。――だけどもちろん、身分からいってもどこでも会うはずもなかったんだから、それはつまり、前世で僕と彼女がとても親しく結ばれていたという神の知らせにほかならなかった。そう、エン・シアンは信じてくれなくともよい。僕は、彼女と――可哀想なローラと、前世からの深いきずなによって結ばれていた。だけど、またしてもこんな残酷な運命によって引き裂かれてしまった。きっと次の世では、僕とローラはもっと幸福に出会い、そしてまた恋におちて、いつまでも幸せに暮らすことだろう。僕はそのことだけを夢見ながらこのあとの一生をさびしく孤独に生きてゆこう。もう誰もめとらない。僕にクム大公妃の話しなんか一生しないでくれ。僕はもう誰とも結婚しないんだ」

「何をおっしゃいます。閣下には次代クム大公を生ませていただくというとても大事な」

言いかけて、エン・シアンは、少なくともいまはそのようなことをいうのは、かえって逆効果だろうと考えて黙った。そして、あたりさわりのないなぐさめをいうと、タリクを勝手に心ゆくまで悲嘆と感傷にくれさせておくことにして、とっととといとまごいをすることにした。どちらにせよ、これほどの政変のまだ渦中だったのだから、エン・シアンにはやらなくてはならぬことが山ほどあったのだ。

2

後夜祭の夜が更けてゆくにしたがって、逆に紅鶴城のほうは、中庭で開かれていた、市民たちにも公開の祝宴もおわり、さらにひっそりとしはじめていた。

むろん城のなかで、おのれの室や、あいている室にこっそりと入り込んでふらちな所業をくりひろげている、ふらちな連中も大勢いたが、基本的には、後夜祭は城のではなく、タイス市民の祭りであったし、それに、やはり城ではあるじへの遠慮もある。それゆえ、祝宴がおわると、祝宴の客たちはみな馬車をかって市中へと戻っていったのだった。それからでも、充分すぎるほどに、後夜祭のらんちき騒ぎに参加するひまはあったのだ。

そしてまた、もうそのころまでには、突然のタイ・ソン伯爵失脚と、思いもよらぬ、闘技士マーロールの新タイス伯爵就任、という驚くべきニュースはタイスじゅうをかけまわっていたので、ことにその話が直接に重大な関係をもつ紅鶴城のなかはてんやわんやの大騒ぎで、直接にはべつだんタイス伯爵が誰であろうと、なんらかの規制に直接関係さえなければたいした問題だとも思わない市民たちはあまり気に留めなかったものの、紅鶴城のものたちにとっては、それはまさに驚天動地の大事件だったのである。

誰ひとりそのようなことがあろうとは予測もしていなかったし、想像さえもしていなかった。その上に、まして新しいタイス伯爵に、タリク大公によって正式に選ばれたものが、よりにもよって《白のマーロール》とあっては、なおさらのことであった。マーロールが、タイ・ソン伯爵の隠し子であった、などということは、どんなにうわさ高いタイスの市民たちも、宮廷すずめたちも、かけらほども知らなかったのでなおさら騒ぎは大きかったのだ。

それゆえ紅鶴城のなかは、水神祭りも後夜祭もそっちのけでこの話でもちきりであった。もっともおもての主立った区域はみな大公騎士団がしっかりと封鎖してしまい、さらにその奥の、タイス伯爵の居住区域のあたりは、さきにもいったとおりマーロールの配下がかためてしまっていた。その上タイ・ソン伯爵の子飼いのタイス伯爵騎士団は市中の警備にかりだされたまま、紅鶴城に戻れない状態だった。どちらにせよ、タイス伯爵騎士団はあるじの命令もなくして、大公騎士団とマーロールの配下たちをあいてにタイ・ソン伯爵を取り戻そうと戦いをくりひろげる、というようなことは夢にさえ考えもしない連中だったが、そこで一番大騒ぎになったのは厨房だの、小姓部屋だの、女中部屋だの、といった、城の使用人たちのほうで、かれらはもう、祝宴がおわると後かたづけしかやることはなかったし、かれらは市中におりていってらんちき騒ぎをする楽しみもなかったのでいたるところに寄り集まっては、よるとさわるとこのとてつもないどんでんがえしの話でもちきりになっていた。

その上に、町におりていったものたちがもたらした水神祭り闘技大会の決勝戦の話もあれば、ガンダルの壮絶な死、そして、それにひきつづくグンドの死という話もあった。かれらは、一生分の話題を仕入れたも同じであった。

グンドはことに、この城でずっと起居していたし、小姓組のものたちが交互に世話もしていたのであるから、城のものたちにとってはすでになんとなく身内意識もあったので、それについての衝撃もタイスの市民たちよりもかえって紅鶴城の使用人たちのあいだで強かった。グンドはガンダルとの死闘で左腕を切り落とされる重傷をおい、大闘技場から、手当を受けながら、よりよい手当をうけるために紅鶴城に箱馬車で移送される途中に、失血のために絶命した、という知らせがいたるところで、タイス伯爵交替、という大事件と同じほどに熱をこめて語られていた。

「もう、城に運びこまれたときには息がなかったのだそうだよ。だけどどちらにしても、そんなすばらしい戦いをみせた闘技士が、たのみの腕を一本切り落とされてしまったのじゃあ、もし生きながらえたとしてももう闘王として活躍することは出来なかったのだから……」

「まあ、ある意味、名誉の戦死ってことかねえ」

「そういうことだな。それにとにかく、ガンダルをたおすという、不滅の栄光をうちたてたんだからな」

「しかしガンダルもさすがだねえ。たとえたおされても、やはりあくまでも相手をたおしてという――いうなれば、あいうちだったんだな、これは」

「だけど、ガンダルは先に闘技場で息絶えたんだから、やっぱりグンドの勝ちだったんだ。マヌの闘冠はタイスのものになったんだよ」

「だけど小屋主のタイ・ソン伯爵さまは軟禁されてしまったわけだろう。じゃあどうなるんだろうねえ。タイス小屋は《白のマーロール》が取り仕切るということになるのかしらん」

「あのマーロールがタイ・ソン閣下の隠し子だなんてねえ！　何回きいても信じられないわよ！」

「そうだとも、かけらほども似たところなんかないじゃないか」

「ああ、だけど、わしはルー・エイリンさまのことは見たこともあるでな。そりゃあべっぴんでたいしたもんだった。ロイチョイ広しといえどもあれだけのべっぴんはおらんというようなそれはきれいな女だったからな。まあ、そのルー・エイリンのむすこだときけば、マーロールがきれいなのもうなづけるわな」

「でもなんだかおっかないような人だという話をきいたけれどねえ。それが突然また、ただのレイピアの闘技士だったものがタイス伯爵だなんていうことになって、ちゃんとやってゆかれるんだろうかねえ」

「まあ、タイスは、たとえ誰が統治していようと変わりゃしないよ。タイスは、タイスなんだから！」

それは、まさに、タイスに生まれ、タイスに育つものたち全部にとって、最大の共通の思いであるに違いなかった。

「グンドのなきがらはどうなったんだい？　どこかに安置されているんだろうか？」

「さあ、箱馬車で運ばれてきたのは確かだが、水神祭りの最中なんだし、縁起でもないから、おそらくどこか目立たない暗いすずしいところにおかれてあるんじゃないかね。誰がとむらってやるのかだってこうなるとわからないしなあ」

「ガンダルの遺骸はさきにやはり箱馬車で運ばれてきて、これはルーアンにかえしてやらなくてはというので、棺にいれて氷詰めにして、やっぱり暗いすずしい一番深い地下室におかれて、明日船でルーアンに運ばれるそうだよ。やはり国民的な英雄だからね、これは盛大に葬式を出してもらえるんだろう」

「だけどグンドのほうは、まだ新参の上に、小屋主の伯爵さまがつかまってしまったのじゃ、どうなるかわからないねえ、本当に」

「ああ、まったくだよ。しかし不運な男だ。なんとか生き延びさえすれば、ほんとにこれからは、天下の大闘王として、タイスでもう、本当に左うちわで暮らせたのになあ」

「グンドさまが亡くなった……」

ショックをうけていたのは、グインたちの身辺の世話をおおせつかっていた、キム・ヨンやマイ・ランが一番だったかもしれない。

「グンドさまが……ガンダルをたおしたけれど、重傷をおってとうとう……」

「なんてことだろう……」

キムやマイたちが毎日食事を運んでいた、グインたちにあてがわれていた部屋はついにからっぽになってしまっていた。

フロリーもスーティも姿を消してしまっていたし、それに《グンド》のなきがらもそこには運ばれてこなかった。それについては、キムたち小姓に説明する義理はないとばかり、誰も何もいわなかったので、キムたちは《グンド》がどうなったのかも知る機会はなかった。

それだけではなかった。そこでともに起居していた、《スイラン》も《リナ》も、まったくここへは戻ってこなかった。二人とも、グンドにつきそって通夜のつとめをはたしているのかもしれなかった。かつて六人もの人間でにぎわっていたその部屋はとうとうまったくそこで過ごすものとてもいなくなり、がらんとして、しんと静まりかえっていた。キムとマイはそのしんとしたたたずまいにさえ涙をさそわれながらも、一方では、もうその任務をとかれるなり次の仕事をせっせとしなくてはならなかったので、がらんとなったその室のことにそんなにかかずらっているひまも与えられなかった。小姓たちには、後夜祭の祝宴と、それにつづいてのそのあとかたづけなど、いくらでもやることがあったのだ。

夜はしんしんと更けていった。もう、いまや、後夜祭はタイスじゅうでたけなわになっているようすであった。ひっそりとしずまっているのは紅鶴城だけだった。

その、ひっそりとしずまりかえった城のなかで——

誰も見ておらぬ、城の裏手側のうす暗い廊下をひたひた、ひたひたと歩いてゆくひとつの人影があった。

黒いマントにすっぽりとほっそりとした長身をつつみ、フードがその頭も覆っている。だが、壁龕にともされているろうそくのあかりが照らし出すと、フードのかげから、きらりと銀色に輝くものがみえる。

それは、マーロールであった。

あたらしいタイス伯爵がこのようなところを、ただひとり供も護衛も連れずに歩いていようとは、誰ひとり思わぬ。だが、マーロールは何のためらいもなく、勝手を知り尽くしたようすで、ずらりともう長いこと誰も使っておらぬ室がたちならぶ、あやしく暗い、まともな人間なら怖がって誰も近づかぬ一画へ入ってゆくと、ためらいもせずにそのなかの一室に入ってゆき、そして、つと床に膝をついて、床の一点に指をふれた。

そして、あげぶたがしずかに開いてゆくと、すばやく黒いマントをひるがえしてそこにすべりこんでいった。むろん、下は、マーロールがかつて《自分の王国》と呼んだ、かの驚くべき地下迷宮であった。

するりとさるばしごをつたって地下にすべりおりると、マーロールはなんとなく、ほっとしたように見えた。

つと細い指を唇にあててヒュッと鋭い音をたてる。すぐに黒い影があらわれてきて膝をついた。ぽちゃんと水のなかで何かがはね、ごーんと遠くのほうからぶきみな底ごもる音がきこえてくる。相変わらずここはあやしくもおぞましい、いったん迷いこんだら普通の人間は二度と出るすべもないこの世の地獄ともみえる。

「スーインか？」

ひざをついた小さな黒い影にむかってマーロールが声をかけると、あいてはうっそりと頭をさげた。

「もう、こちらにいるだろうな。よし、案内しろ」

「………」

スーインは何もことばを発さない。ただ、こちらへというように手をさしのべてみせたさきには、地下水路に、小さなグーバが浮かんでいた。

マーロールは黒いマントに身をつつんだまま、ひらりとそのグーバに飛び乗った。すぐにスーインがその船尾に乗って、かいを押してグーバをすすめはじめる。そのあたりは、その小さなグーバがやっとかろうじて通れる程度の水路であったが、やがて、それは網の目のように石の柱が林立する、天井もかなり高い広い地下湖になっていった。

その石の柱のあいだを、スーインはたくみに馴れきった棹さばきでグーバをこぎながら、ぬけてゆく。そこをぬけると、かの青白い鍾乳洞がゆくてにぼんやりと浮かびあがってきた。

黒い水がちゃぷちゃぷと、マーロールのグーバがおこすさざなみにつられて水脈《みお》をひき、両側の石壁にうち寄せている。そのなかにときたま、きらっと青白く光りながらかけぬけてゆく細長いものがあるかと思えば、黒く淀んだ水のなかをぬらぬらと泳いでゆくものがある。ふいに丸いぬらぬらした頭が見えたような錯覚があったかと思うと、ゆらりと赤くもえる目が水中に没してゆく。

だが、マーロールにとってはそれらはすべて、なんらおそるるに足らぬ光景であった。かれはそこで生まれ育ったのだから。

「よし。ここでいい。少し待っていろ」

マーロールは岸にグーバをつけさせると、身軽にまた、岸にとびうつった。そのまま黒いマントをひるがえして、鍾乳洞のなかに入ってゆく。

そこはかつてマーロールがグインに「僕の宮殿へようこそ」といった、その鍾乳洞であった。青白い光がおぼろげに照らし出している、太陽の光を知らぬ地下の巨大な鍾乳洞の奥に、さらに部屋のように何本もの石柱に区切られて、そこに、なにものかがたむろしていた。

「誰だ」

するどい声がかけられる。マーロールは足をとめようともしなかった。

「僕だ。マーロールだ」

名乗るなり、マントをひるがえしてそこに入ってゆく。鍾乳洞の奥に、何か黒い巨大なかたまりのようなものがあった。そして、その手前に数人の人影。

「どうだ？　具合は。まだ気付かないか？」

「よく眠っています」

低い心配そうないらえがかえってきた。身を起こして、マーロールを出迎えたのはブランであった。

「よいあんばいに熱は出ておらぬようですが、しかし、ずっと意識が戻りません。大丈夫でしょうか」

「それはもう、彼の体力に期待するしかない。ふつうだったらまずいのちのないような大怪我をおって、しかもそのあとでさんざん動き回って大量に失血してしまったのだ。だが、僕の考えでは、彼はこのようなところで、このようなことでいのちを落とすような運命は持っていないと思うがね」

「それは、そうですけれど……」

反対側から答えたのは、リギアであった。リギアもブランも黒いフードつきのマントをつけ、目立たぬように装っていた。

「この怪我の重さだけがちょっと計算の外だったな。じっさいにはもう、すべては手筈どおりだったのだからこれで予定どおり動きだせているはずだったのだが。さすがガンダル、と褒めてやるべきかな」

「このようなところで、何もろくろく手当も出来ないと思うと心配でならないのですが、いまは動かさぬほうがよろしいのでしょうね」

ブランがなおも心配そうにいう。

「上のほうは、どうなっておりますか？」

「もう、グンドは死んだ、という知らせはタリク大公にも、むろんタイ・ソン伯爵——もと伯爵になってしまったが——にも届いている。あとは、なにものかが死体を盗みだしてしまった、という知らせをさえ出せば、それでもう、地上に戻る必要は一切なくなる——というか、戻れなくなるさ。あとは、マリウスを地下牢から水牢へ連れ出して—

──そして」

「すみません」

ブランは頭をさげた。

「何から何まで、ご厄介を……」

「これは僕とグィンがふたりで考えに考えて仕組んだことだ。何もべつだん厄介なことはないが、ただ、問題があるとすれば──」

マーロールは肩をすくめた。

「この僕が、よりにもよってタイス伯爵のあとがまにすえられてしまった、ということだけだな。正直いって、そんなつもりじゃなかった。僕はただ、タイ・ソンを告発し、それを失脚させようと思っただけで、場合によってはタイスに反乱をおこしてやるぞというつもりでこそあったが、タイス伯爵の地位なんか狙った覚えはない。だが、これはあのエン・シアン宰相だけの知恵じゃないな。たぶん古狸のあのアン・ダン・ファンが考えついたことだ」

「あなたが、タイス伯爵に？」

驚いて、ブランが叫んだ。が、声が鍾乳洞のなかに少し反響したので、あわてて声をおとした。

「それは本当ですか。それはまた。おめでとうございますと申し上げるべきなのかな」

「タイス伯爵になんかなりたくなかったのだが」

マーロールはいやそうに美しい顔をしかめた。

「僕はそんなことのためにずっとこの日を待っていたわけじゃない。だがまあおそらく、僕をタイス伯爵にまつりあげるというのも、いずれもし何かあったらまたたくまにいけにえとしてやり玉にあげるためなんだろうから、そのうちにもうちょっと考えて何かこちらからも有効な反撃策を考えてやる。が、まずはグインが目をさますことが先だな」

つと、マーロールはマントをひるがえして、ブランとリギアがその両側につきそっていた、黒いかたまりのようになったもののわきに膝をついた。

それは、巨大な板の上に毛皮をしきかさね、ベッドのようにした病床であった。その上に、グインは、肩から胸、腕までも白い包帯でおおいつくされて、体温がさがらぬよう何重にも掛け布でくるまれ、意識なくよこたえられていた。その目はとざされ、呼吸は安定してはいたものの、苦しそうだった。

「あまり、容態はよくないようだな」

マーロールはちょっと手をかざして呼吸のようすをはかり、また、ちょっとからだに手をふれてみて細い眉をよせた。

「確かに熱はないようだが、かなり衰弱している感じがするな。しかし、あれだけ血を失えば本当ならもうとっくに死んでいる。さすが豹頭王グインだからこそ、いまだに生きながらえているのだ。あとはもうひたすら、意識が戻ってくれるのを待つしかないが、これがとんでもない大番狂わせにならないといいな。予定では、グンドの死を報じると同時に、ひそかにもう脱出の方策に入るはずだった。あすの午後になればもう、タリク大公一行はルーアンへと発つ。そうなれば港も厳重に警戒され、またグーバもグバオも連絡船も通常の運航がはじまり、オロイ湖は平常の警戒を取り戻してしまう。今夜じゅうになんとかしなくてはというつもりでいたのだがな。これでは動かせない」

「でも、なんとかしなくては。ドーカスどのにも迷惑をかけることになってしまいます」

ブランが気がかりそうにいう。

「いっそ、陛下は意識が戻らないままでも、あえて――」

リギアが言いかけたが、後悔したように首をふった。

「無理ね。この容態でずっと運んで船にのせたら、かえって急変でもしたらたいへんなことになってしまうわ」

「ともかくもうちょっとだけ様子をみて、それで意識が戻らなければなんとか新しい方法を考えるしかないが――まあ、僕が新タイス伯爵に正式になってしまうなら、それはそれでどうにでもしようはあるとは思うが、しかしそうなる前には、ルーアンに来いだの、タイ・ソン伯爵の裁判だの、とてもいろいろなことがあるだろう。その上にタイス市民がどう納得するかという問題もある。後夜祭のあいだこそ、連中もこまかなことはどうでもいいから、僕が新タイス伯爵だというタリク大公のことばに驚きながらも受け入れてくれたがね。だから、本当にもう、今夜じゅう、せめて明日の日がのぼって町が本当に目覚めてしまう前にタイスを脱出してしまわないことには、僕もまたにっちもさっちもゆかなくなってしまう。新タイス伯爵となった僕が、あまりしばしば行方をくらますわけにもゆかなくなってしまうだろうしね」

「困りましたわ」

リギアは困惑したようすで、そっとグインの分厚い胸に手をあててみた。

「鼓動は、落ち着いて打っているのですけれど……でも少し弱々しいようだわ。それにとにかく、意識が戻ってもおそらくとても苦しむでしょうし……」

「それに、もうひとつの問題は、この地下だと、そうそう簡単に、これだけの巨体が意識を失っているのを、かかえて運んだり出来ないということだよ。グーバにのせて運んでも、水路が細くなったりとぎれていてグーバがゆけないところもある。それに地下のものたちはみんな小柄であまり力がない。それだのにグインはこんなに大きくて重い――これを、こうして担架にのせたまま運び出すというのは大変だろうし、第一怪我人にとっても、ひどく危険だ。といって……ずっとここで静養させておくわけにもゆかないな。僕が地下で育ったということをいってしまったから、ここにこのような場所があることはもう、上でも知られてしまったことになる。いずれ僕が正式にタイス伯爵としての権力をもつことになったら、この地下水路をもタイスの一部として整備して、有効活用することになるのかもしれないが――そのときにはまたずいぶんといろいろな騒ぎがおこりそうだ。それに、タリク大公は《ローラ》の死骸を回収したいだの、《ローラ》と《グンド》の子供を自分がひきとって育てたいだのと、いろいろな思いつきでエン・シアン宰相たちを困らせている。万一、大公が、地下水路から本当にローラの死体か遺品でも探し出させようなどという気持をおこしてしまうと、とても困ったことになりかねないしね」

「困ったわ」

リギアは身をふるわせた。

「どうしたらいいんでしょう」

「これは僕もどうしてもよい知恵が出ないのだが……」

マーロールは首をふった。

「そもそもこの危険で大胆不敵な筋書きはみなグインが書いたものだ。僕はただ、グインの命じるとおりに踊らされたにすぎない。だが、そのグインでも、まさか僕がタイス伯爵をおおせつかることになろうとは思いもしていなかったと思うがね。しかしそれはまあまだどうでもよいことだ。とにかく、グインの容態がよくなって、意識を取り戻してくれないことには――ここはそれに、決して健康にとてもよい場所、病人が療養するにはいい場所だとはお世辞にもいえないところだ。冷えるし、風も強いし、湿気も多いし。太陽もあたらないし。――だから、僕とても、こんな普通でないからだなのだからな」

自嘲するようにマーロールが云う。ちょっと沈黙が立ちこめた。

「僕はそれにまたすぐ上に戻っていないと危険かもしれない。いまはもう、みなが後夜祭で騒いでいるし、大公たちも一応それぞれ自室にひきとったから、こうしておりてきたのだが、何かあれば上からすぐ知らせが来るだろうとはいえ、ことにいま僕はエン・シアン宰相やアン・ダン・ファン老にはうさんなやつだと思われたくない。もう充分すぎるほどに思われているだろうからね。だから、本当は、ここまでで僕のこの筋書きにおける役割は終わったと思ってよければ嬉しいのだが」

「それは、しかし……」

ブランが途方にくれて口をひらきかけたときだった。

「あ！」

リギアが低い叫び声をあげた。

「目が開いたわ！　陛下が目をあけた！」

3

「陛下！」

あわてて、ブランがのぞきこむ。

「陛下、大丈夫ですか！　しっかりなさって下さい」

「駄目だ、急に動かしては危険だ」

マーロールが鋭く云う。そのマーロール自身も、黒いマントの下の腕はグインにつけられた傷で包帯がまかれて、片側だけが妙に太くなっている。

グインがかすかに呻き声をあげた。それから、トパーズ色の目がゆっくりと何回かまたたき、開く。

「陛下！　私がおわかりになりますか？」

「わかる」

かすかだが、しっかりとしたいらえが戻ってきた。

「ブランだな。ここは何処だ」

「地下水路のなかの鍾乳洞、僕の《宮殿》だ」

マーロールがのぞきこんで云った。

「具合はどうだ？　いたむか？」

「む――いや、まあなんとか、我慢出来ぬほどのことはない」

グインにしては珍しいほどかすかな弱々しい声ではあったが、ことばははっきりしていて、ちゃんと聞き取れた。

「何か飲み物をくれぬか。ひどく喉がかわいて……」

「ただいま」

急いでリギアが、かたわらにおいてあった水筒を取り出した。細い先端を口にさしつけると、グインはむさぼるように飲んだ。いつまでも、かわききっていたように飲んでいる。それから、深い息をついて口をはなした。

「もろもろのことは予定どおり片付いたよ、グイン」

マーロールがさらにのぞきこんでグインのようすを見ながら云う。

「タリク大公は僕の告発を受け、タイ・ソン伯爵を紅鶴城に連れ戻って臨時の審問をおこない、その結果、タイ・ソン伯爵の行状は問題あり、タリク大公への反逆のおそれもありと判断した。大公自身はまあ、ローラ――つまりフロリーの殺害に逆上していたので、その判断を下したのはエン・シアン宰相とアン・ダン・ファン老だが。それで、タイ・ソン伯爵はただちに拘束され、またタイ・ソン伯爵の娘たちも同様に拘束された。ただ、マリウスが計画どおり証人にたったものの、ちょっと計算違いは、マリウス自身が手を下したときいてタリク大公が逆上してしまったので、マリウスも拘束されてしまった。まだ拷問を受けたりはしていないが、地下牢に投獄されている。だがこれは、まあしかたないだろう。脱出させるのに少し手間はかかるが、どちらにせよこのままゆくとタイ・ソン伯爵がルーアンに護送されて正式の裁判を受けるときには証人に立たなくてはならなくなる。いま、強引にでも脱出させてしまわないと、マリウスはきわめて抜け出しにくくなってしまうだろう」

「そうか」

「もうひとつの、これは少々参った番狂わせがあった」

マーロールは苦笑した。

「あるいは、いずれそういうような話のはこびになることも、ないとはいえないだろうと思っていたのだが、こうすみやかにそうなってしまうとは。タイ・ソンがタイス伯爵をしりぞけられた後任として、この僕が当面、いずれ新タイス伯爵となる予定でタイス伯爵代理をつとめることになった」

「……………」

「そんなことのために、あなたとさんざん話し合ってこの計画をたてたわけじゃない」

マーロールは肩をすくめた。

「まるで、それでは僕がタイス伯爵になるためにこの陰謀をたくらんだみたいな結果に終わってしまった。僕はただ、母のうらみをはらし、そして僕自身の失われた人生のうらみをはらし——この地下水路のなかで、むなしく死んでいった無数の怨霊のうらみをはらしたいと思っただけのことだったのに。だがまあ仕方がない。そのほうが、かえってタイスの状態が改善されるためによいというのなら、やむを得ない。僕がタイス伯爵となり、この堕落しきった都に少しでも新しい正しい改革を持ち込めるのなら、それもまた、地下水路の怨霊たちのすべての怨念が、僕にそうしてくれと頼んでいるのかもしれないと思って、やってみようかと思ったから、引き受けることにした」

「そうか。おぬしがタイス伯爵に」

グインは、少しづつはっきりしてきた声で云った。

「それは悪いことではないだろう。それにどちらにせよ、おぬしはタイ・ソン伯爵の血をひいているのだからな。それは、こうして名乗り出ればいずれは必ず出てきた話なのではないか」

「そんなに喋って、大丈夫か、グイン」

ちょっと心配そうにマーロールは云った。

「かなり、痛むのじゃないか。ちょっと、これを飲んでみたらどうかな。これは僕が医者にもらった傷の痛み止めだ。あなたにつけられたこの傷のための痛み止めだが、それがあなたに役に立つなら、皮肉なめぐりあわせというものだ。これを飲んでみるといい。よくきくよ」

「有難う。では使わせてもらうことにしよう」

「かなり、痛むようだな」

マーロールはそっとブランにささやいた。

「この強情者が、こんなに素直に薬を飲むのだからな。——だが、豹頭というのはいいな。顔色がわからなくて、医者にとっては面倒だろうが、どんなに辛くても、顔からはわかられないですむ」

「……………」

グインは、ブランに助けられて、ゆっくりと身をおこし、そしてマーロールがさしだしたいたみどめの薬を飲んだ。そしてまた、水筒から水をむさぼるように飲んだ。

「だんだん、少しづつ、はっきりしてきたようだ」

二回目に水を飲み終わると、もう少しはっきりした声で、グインは云った。その目にも、少し光が戻ってきた。

「俺の傷はどのようなのだろう、ブラン。いまのところは、ただ痛いばかりであまり何がどうということが感じられぬのだが、左手は無事だったのか」

「あわや切り落とされてしまうところでしたが、骨のところで止まっています。ただ、紅鶴城で手当を受ける前に、闘技場で応急手当をしただけで、このたくらみのために、グンドは死んだ、という知らせを流して、陛下を地下に運び入れてしまいましたので——もうちょっと、できることなら、きちんとお手当を受けてから、お連れしたかったのですが」

ブランは心配そうに云った。

「そうしてしまうと、本当の傷の程度が宮廷医師に知られてしまいます。ですから、本当はおそらく、縫い合わせて貰わないといけないだろうと思うのですが、それが出来ておりません。それがちょっと心配で」

「とりあえず、僕が用意させた傷薬は塗ってあるし、消毒してかたく包帯してあるから、動いて傷がまた開いてしまうということはないだろうと思うのだが」

マーロールが云った。

「ただ問題は、この状態では、予定どおりグインが地下水路を動いて、ドーカスの家へたどりつくことが出来るだろうか、ということだ。しかも、僕がタイス伯爵に任命されてしまったために、非常に上をあけづらくなってしまった。実際伯爵などになるものじゃないね。これから先、僕は何回そう思うことになるのか知れたものじゃないが——そうして結局、タイス伯爵などまっぴらだとこの城から逃げ出してしまうことになりそうな気もしなくもないが、もうすでにいやというほど、いろいろなことをやらされたよ。後夜祭のはじまりを宣告させられたり、いろいろな行事に立ちあわされたり——そうして、また、みんながなんだかんだといろいろと聞きに来る。本当に支配者など、みんな何が楽しくてなりたがるのだか、僕にはわからん。闘技場で強敵を倒して喝采をあびているほうがずっといい。そのほうが僕の性にはあっているようだ」

「まあ、そう云うな。だがそれでは、おぬしはもう、《上》に戻らねば具合が悪いのだな？」

「ああ。それにそれは何回も前に云ったとおり、後夜祭のあいだはタイスはほとんど無秩序状態になる。だから、抜け出すならそのあいだだけがつけめで、明日の朝になって後夜祭が終わってしまえばタイスはまたもとのかたい警備体制を取り戻す。しかも明日のひるすぎになったら、おそらく大公の一行がルーアンに戻るために動き出す。今回はタイ・ソン伯爵も——前伯爵だが、連れてゆかれるだろうし、そうなればますます警備はきびしくなるだろう。もう、あまり時間がない。それで、みなでさきほどから、あなたが早く意識を取り戻さないかとやきもきしていたのだが」

「それはすまなかった。いま、なんどきくらいだ」

「まだ真夜中をすぎて一ザンというところだ。だが、それにしてももうあと四ザンもすれば朝日がのぼってくる。朝日とともに後夜祭は終わる——それまでになんとかして、せめてドーカスの家に入るか、一番いいのはそれまでにオロイ湖にこっそり出てしまうことだが」

「わかった」

ゆっくりと、おのれのからだの状態をはかるようにあちこちからだを動かしてみながら、グインは云った。

「ならば、予定どおりドーカスの家を目指すことにしよう。ドーカスも心配しているだろう。おぬしは《上》に戻るのだろう、マーロール」

「ああ。もうそろそろ危険なくらい下に長居してしまった。戻らなくてはならない」

「マリウスのことは頼めるだろうか?」

「やってみよう。だが、それまでここで待っているつもり?」

「いや、このからだではあまり早くは動けぬ。こちらも、ゆるゆると地下水路から出る方向にむかう。——マリウスに誰かつけてやってくれれば、地下水路に降りればそのあとはあちらは普通のからだだ、追いつくことは出来るだろう」

「途中で、一度だけあたしも抜け出したいのだけれど」

リギアが云った。

「こんなときにまで、このようなことをいっていて、本当に申し訳ないのはわかっているけれど、あたしはどうしてもマリンカを置いてはここを抜け出せない。あたしにとっては、自分の分身のような馬なのよ。そして、女闘王の地位を得たときの特別の願いごとで、もうマリンカはあたしが連れ出せるようにしてもらってあるの。——だから、あたしは、途中でいったん離脱して、マリンカをもらいにゆくわ。そうして、マリンカは船にのせるわけにゆかないから、あたしはあたしでなんとかして、マリンカと一緒に陸路でタイスを抜け出して——オロイ湖を渡ったら、ヘリムでは目立つから、ヘリムとガナールのちょうどまんなかくらいにある小さな村ムランにつけるといったでしょう。あたしはムランでみんなを待ってる。たぶん単身なら、あたしのほうが早くつけると思うわ。陛下がこのようなからだのときに、あまりに身勝手だけれど、マリンカを捨ててゆくわけにはどうしてもゆかないの。それだけわかって下さい、お願い」

「それは、かまわぬさ」

グインは云った。

「それに、あまり人数が多すぎぬほうがかえって目立たぬということもいえるだろう。いまとなってはお前も女闘王リナとして、タイスの人間には有名人だ。あまりに大勢が突然消えてしまえばかえってあやしまれ、真相がつきとめられる危険性がふえる。あとから単身消える方策がたてられるならば、そうしたらいい」

「勝手を言ってすみません。でももちろん、ドーカスの家まで陛下をお送りするのは一緒に参ります」

「ということは、一刻も早く動きださねばならぬ、ということだな」

グインは云った。そして、よろめきながら、身を起こそうとしたので、あわててブランが手をのばして支えた。

「陛下。大丈夫ですか。あまり、御無理をなさらないほうが……」

「だが、どうせ無理をしなくてはならんのだ」

グインは苦笑した。さすがに相当傷が痛むようすで、その口から、低い呻き声が洩れたが、それでも、なんとかして上体を起こすと、次には、なんとか足を踏みしめて立ち上がろうとする、さらにつらい作業に取りかかろうとしたが、さらに苦笑して、いったんそれをあきらめた。

「からだに力が入らん」

グインは珍しい弱音を吐いた。

「考えてみると相当長いこと、何も食い物らしいものを食っておらんのだな。すまぬがマーロール、部下の水賊たちに、何でもいい、少しだけ食い物をもらうわけにはゆかぬか」

「もちろんだ。――しかし、驚いた気力と体力だな」

マーロールは唸った。

「これだけの大怪我をおって、しかもあれだけ大量に出血して、本当ならば、息も絶え絶えに横たわってうなっているだけのところだろうに。もう、起きあがって、しかも何か食おうというのか。この気力がなくてはやはり、豹頭王の名を天下に高からしめることはなかったのだろうな。——何か、柔らかいものがいいかな。なんでも持ってこられるが」

「いや、出来ることなら、肉か魚か、そのようなものがいい。失われた血を取り戻すために、内臓料理などがあればなおいい」

「わかったよ。おい、スーイン」

マーロールはさらに呆れたようにちょっと合図した。いそいでスーインがグーバを漕ぎだしたのは、どこかから食べ物を調達してくるつもりだろう。

「いまはまだ、残念ながら動きだせぬようだ」

グインは云った。

「もうちょっとだけ——そうだな、あと半ザン、そのつもりで力をたくわえて、そして食事をして、なんとか気力をふりしぼろう。ともかくもドーカスが用意してくれているはずの船に乗り込んでしまえば、あとは野となれだ。フロリーたちも心配しているだろうし、なんとしてでもそこにたどりつくほかにはない。そして、暁までになんとかタイスを出る。——おぬしはもう《上》に戻ってくれ。いろいろと世話になった。というよりも、すべておぬしのおかげでここまで来ることができた。もう充分だ。あとは俺の力でなんとかせぬわけにはゆかぬ」

「さすがに気丈そのものだな、豹頭王」

マーロールは感服したように云った。

「だが、本当なら左腕を落とされていたような大怪我なのだ。グンドは死んだ、というのだって、何のうたがいもなく皆が信じるだけの大怪我を負っているのだ、ということは忘れないことだ。——だが、もう一度降りてくるかもしれないが、それもちょっとどうなるかわからない。とりあえず、僕はかなり心配になってきたので《上》に戻るよ。ドーカスの家へは逆に決して僕は足踏み出来ない。《青のドーカス》の家に《白のマーロール》がやってきた、などというところを、誰かにちらりと見られても、たちまち大評判になってしまうだろうからな。どちらもタイスではあまりに顔が売れていすぎる。——ではもしかしたら、これが最後の別れかもしれないな」

「ああ、そういうことだ。世話になったな、マーロール」

「あなたと戦ったときには、このようになるとは思ってもいなかったが」

マーロールは静かにいった。

「だが、本当に、あなたと出会えたことで僕自身もついにこうして名乗りをあげて出る勇気を得た。いわば何もかも、僕の運命、タイスの運命がかわったのもあなたのおかげだ。そのことは忘れない。タイスにとってもあなたは恩人だ。そのことを、僕が本当にタイス伯爵になったとしても、肝に銘じておこう」

「こちらこそ、おぬしがいなければとうてい脱出の方策はたたぬまま、まだ悩んでいるばかりだったかもしれぬ。おぬしに会えてよかったと思っている、マーロール」

「こちらの手ならなんともないね」

マーロールは手をさしのべ、グインの無事なほうの右手を握りしめた。

「本当の本音をいえば、もう一回、あなたが元気なときに、そして僕のこの傷が癒えたときに立ち合いたかった。二度目となればもう二度とは同じような失策は繰り返さないのが、このマーロールの誇りだからな。——そして、堂々とあなたを負かしたかったが、もうその機会はなさそうだ。あなたがケイロニアの豹頭王に戻り、そして僕がタイス伯爵などという茶番になってしまうのだとすればね。それに、あなたが豹頭王として正面から、タイスを訪問するということも、おそらくはあまり考えられぬだろうし。——だが、また機会があれば会いたいものだ」

「俺もだ。おぬしのことは忘れぬ、マーロール」

「もし脱出に失敗してタイスに連れ戻されるようなことになれば、また会える」

マーロールはふっと妖しい微笑を浮かべた。

「むろん、そうならぬほうがよいには決まっているだろうがね。だが、そうなったりしたときには、確かに僕がちゃんと、タイスのマーロール伯爵としてこの堕落の都を取り仕切っていられるほうがあなたがたのためにもなる。そのためにも、なるべく早く地歩を固め、ちゃんとタイス伯爵としてもう任務をはじめられるよう、時間を有効に使っておこう。――では、さらばだ、豹頭王グイン」

「ああ。またいつか会おう、マーロール」

「そのときにはタイス伯爵などというばかげたものではなく、レイピアの闘士マーロールとしてあなたと立ち合いたいものだ。――食べ物が運ばれてきたら、出かけるのだろう？　スーインは折り返し僕のところに戻るが、かわりにスーインの弟のスーチョウをつけてあげよう。これも同じくらい達者にグーバをあやつるし、地下水路にも詳しい。ドーカスのところに無事にご一行を送り込むまではなれるなと云っておく。それと、あなたはいま、負傷していて血のにおいをさせている。スライどもにも、またガヴィーにも気を付けてくれ。僕がいなければ、スライども遠慮なく襲ってくるかもしれないからな。また――」

ふいに、マーロールはひどく妖しく目を銀色に光らせた。

「まさかとは思うがね。今夜は水神祭りの後夜祭だ。伝説の怪物《ラングート・テール》に遭遇するかもしれない。それだけは充分すぎるほど気を付けてくれたがいい。もっとも僕は二十年以上この地下水路のなかで生活してきて、ただのひとたびも、直接遭遇したことなどありはしないがね。――ただ、《ラングート・テール》の存在についてはつねに水賊どもからしつこくきかされてきた。本当にそれに遭遇したことのあるものがいるのかどうかもわからない――なぜなら、本当に遭遇したものは二度とそれについて語ることはないのだから。だから、それにぶつかってしまわぬようにあらかじめ十二分に気を付けることだよ。では、僕は行く。幸運を祈っているよ。エイサーヌーやラングートのではなく、ヤーンの幸運をね」

「有難う。おぬしの上にはエイサーヌーの恵みのあらんことを」

グインは答えた。

マーロールはにやりと妖艶な笑みをみせると、そのまま、岸辺に寄っていった。ちょうど、スーインのあやつるグーバがこちらに漕ぎ寄せてくるところだった。

マーロールは手をのばしてリギアを差し招いた。リギアが急いでスーインから受け取った大きな籠をブランに渡す。

「これで食べ物も用意できた。では、幸運を」

マーロールはひらりとグーバに飛び移った。そのままスーインがただちに暗い地下水路を漕ぎ出す。つねならば、真っ白いマントがマーロールのすがたを遠くまでもそれと見知れるものにしていただろうが、いまは、警戒のためだろう、マーロールは真っ黒なマントにその輝かしい銀髪も白づくめの服装もすべて包み込んでいた。たちまち、スーインのあやつるグーバは地下水路の闇にまぎれた。

「陛下」

ブランがあわただしく籠に入っていた包みを開く。包みには、焼き肉をはさんだ白い米粉のパンと、内臓の煮込みらしい小さな容器がそえられていた。それは三人分はたっぷりとあった。

「陛下、おあがりになれますか？」

「ああ、大丈夫だ。右手はなんともないからな」

グインは答えて、急いでまた身を起こした。少しづつ、体力が戻ってくるようで、動きが少しづつ確実になっている。それに驚嘆の目を瞠りながら、ブランは食べ物をグインにさしだし、グインがそれをむさぼるように口にしているのを感心して見守った。

「たったいま、死の淵から辛うじて生還した人とはとても思えない！」

ブランは思わずつぶやいた。

「すごい食欲だ。それでなくては、あんな怪物とあれほどの死闘を繰り広げることはできないのでしょうね」

「出来ることならば、殺したくはなかった」

グインはつぶやいた。

「ガンダルは素晴しい戦士だった。俺がそうではないかと思っていたよりも、ずっと、人品骨柄もすぐれた、確かに不世出の戦士だった。——それと最初に出会ったのが、最後の別れのときとなるというのが、俺にとっては痛恨のきわみだ。だが、やむをえなかった——さしもの俺も、確かに、殺すことなくガンダルに勝つことは無理だったかもしれぬ。——世の中とは、広いものだな、ブラン。あれほどの戦士が、まことに存在したのだな」

「それほど、すぐれておりましたか。ガンダルの剣技は」

「剣技も、気力も、体力も——そして、その覚悟も」

グインは内臓の煮込みを食べ終わり、肉をはさんであった米粉のパンのはしで、容器のなかまでもきれいに拭ってしまうと、また水を所望して大量に飲んだ。

そうやって飲んだり食ったりするたびごとに、グインのなかに少しづつ、失われていたエネルギーが満ちてくるさまが、ブランとリギアの目にも見えるようだった。ブランもリギアもそれをみていると急激に空腹を覚えていたので、かれらもがつがつと食物を食べた。

「もう二度と出会うことはないだろう。あれほどの剣士にはな。だが、戦場で会ったのでなくてむしろよかったのかもしれぬ。戦場で会ったのならば、こうして正々堂々と戦っているなどという悠長なことは許されなかった。——俺はつねに、戦場にあっては勝利だけを考える。一瞬とはいえ、ガンダルと、正真正銘の、剣士どうしの戦いをたのしむことが出来たのは、互いに至福のひととき、といえたかもしれぬ」

「はあ」

ブランとても、リギアとてもきっすいの武人だ。その、グインの感慨は、きわめてよくわかるものであった。

二人が、ちょっとしんとなってうなだれたとき、グインは、何かをふっきるように首をふり、そして、片手を岩にかけて、ぐいと身をおこした。

4

あわてて、ブランが、グインを支えようと手をのばす。

だが、グインはそれをふりはらった。

「不要！　このの
ちの長い脱出行に、ずっとひとの手に支えられてゆくわけにはゆかぬ」

「し、しかし、まだお食事をすまされたばかりです」

いくぶんうろたえ気味にブランが云う。

「ちょっとおやすみになったほうが」

「時間がない。もう危険なほどに時を浪費してしまった。まことは、もう、俺はとっくに港口のドーカスの家にゆき、フロリーとスーティとに合流しているはずだった。そして後夜祭が最高潮に達し、すべての警戒がゆるんだすきをみはからって、こっそりとオロイ湖に船を出しているころあいのはずだった。ドーカスも心配していようし、フロリーも気が気ではなかろう。何よりも、万一にも遅れてことが露見すれば、ドーカスにひどく迷惑をかけることになる。俺はそれが何よりも心配だ。——俺の苦痛などなにほどのこともない、俺が耐えればよい。気力と体力はもう充分養わせてもらった。さ、出発するぞ」

「はい、陛下」

ブランは思わず胸に手をあて、戦士の礼をとった。

リギアがすばやく食べ物のあとを取り片付ける。そのあいだに、グインは、ゆっくりと右手につかんだ大剣を杖にしながら——その剣はマーロールが、グインの護身用にとおいていってくれたものだったのだが——青白く光る鍾乳洞のなかを、足元に充分気を付けながら歩き、岸辺に降りていった。

そこにはすでに、さきほどマーロールを乗せて漕ぎ去ったスーインと一見したところではまるで見分けのつかぬ、小さなグーバと、そしてそれをあやつる黒づくめの船頭がうずくまっていた。スーチョウ、とマーロールが云った水賊のかしらのひとりなのだろう。グーバには、船頭とひとりしか乗れぬ。そのうしろに、さらに二艘のグーバがひっそりと続いていた。

「マーロールから聞いていよう。我々を、地下水路の出口まで案内し、ロイチョイの先の、タイス港の南口へ連れていってくれるな」

グインがいうと、スーチョウは黒い頭を黙ってうなづかせただけで、一切口をきかなかった。乗れ、と手ぶりをする。

グインは、ここだけはさすがにブランとリギアに両側から助けられながら、グーバに乗り込んだ。巨体のグインをのせると、グーバはぐいと水のなかに沈みかけ、ふなべりが、いまにも水が入ってきそうにぐんと沈んだが、船頭は落ち着いて棹をあやつってただちに岸辺を突きはなして水路に漕ぎ出した。

そのうしろで、ブランとリギアがそれぞれにグーバに乗り込むのを確かめるいとまもなく、グインはグーバの人となって地下水路に出た。正直のところ、さしも強情我慢のグインにも、この傷のいたではかなりこたえていたので、剣を抱き、左腕をかばいながら、右手でグーバのふなべりを握り締めて、懸命に苦痛に耐えるのが精一杯であった。

グーバはするすると、ひそやかな水音をたてながら、地下水路をすべりだした。

グインをのせたグーバがかなりあぶなっかしく、水になかばふなべり近くまでも沈みながらそれでも健気に細い地下水路を通ってゆくのを見送りながら、そのうしろから、ブランも、そしてリギアもしっかりふなべりを握り締めてグーバにその身をあずけていた。このあたりはまだよい――だがこのさきで、ちょっと広い地下湖に出れば、そこには多数のガヴィーが棲んでいる。また、あやしい水棲の半魚人ともいうべきスライどももひそんでいる。それだけでも充分に緊張を誘うのに、そのほかにさらに伝説の《ラングート・テール》なる怪物さえもいるというのだ。

(そしてまた、ラングート女神の末裔たる、不気味なカエルと人間のあいのこのようなラングート・テールなる怪物が、タイスの守り神として、地下水路を徘徊している、という伝説もある。ある伯爵たちはこの伝説を信じたり、それが真実であることを偶然知り得た、と称して、水神祭りのときに、一番美しい若い男女を地下水路にいれ、ラングート・テールに捧げて、タイスの繁栄と末永い平和を祈った、ともされている。もっともいまではこのような蛮行のかわりに、かたちばかりの人形《ひとがた》を作り上げててんでに地下水路に流して、それによってラングート・テールの心をやわらげる、ということがおこなわれているよ。それが、水神祭りの最高潮となるのだ)

グインとともにくりだしたロイチョイの夜の冒険——いまとなってみれば、それは冒険というにはあまりにもおだやかな、そのあと次々とかれらが経なくてはならなかったすべての冒険にくらべたら、ただの娯楽、としかいえぬようなものだったのだが、その夜にロイチョイできいたことばを、突然にブランはまざまざと思い出していた。

(そしてまた、ラングート女神の末裔たる、不気味なカエルと人間のあいのこのようなラングート・テールなる怪物が、タイスの守り神として、地下水路を徘徊している、という伝説も——)

(出来ることなら、そんな伝説だけは、本当にあってほしくはないもんだな)

そっと、ブランは口のなかでひとりごちた。

もしも、そのようなぶきみな怪物が地下水路に飛びだしてあらわれてきたところで、つね日頃であれば、グインさえいれば、ブランとても腕に覚えの剣士であり、リギアもまたそのとおりだ。この三人がそろっていて、そうそうやすやすとつまらぬカエルの化け物のような怪物ごときに危地に追い込まれようとも思われない。

だが、そのもっともたのみとするグインがいまのところ、左腕がまったくきかぬというだけでなく、本当ならばまだ寝て、手当を受けていなくては一命にかかわるほどの重傷をおっているのだ。グインはあくまでも気丈にふるまっているが、それに感心はしたものの、本当はグインのいたでが見かけよりも相当重そうだ、ということについては――そしてグインがかなり衰弱しているようだ、ということについては、ブランは長年戦場に出ていた経験から痛いほど理解していた。

（陛下には、本当はいまは怪物と戦うどころか、こんなふうにして船に乗って移動することさえおさせしたくないのだが……）

だが、これから先も、ずっと試練が――いうなればついにタイスを脱出するためのさいごの試練が待ち受けている。そして、ドーカスの家でフロリーとスーティと合流すれば、こんどは、守らなくてはならぬものたちがさらに増える。マリウスがあとから追いかけてくれれば、さらにあやうい要素が増える。

（フロリーさんと陛下は死んだことになっているし――スーティについてはたいしてみな気にもとめないだろうし――リギアさんはいったん別れるし――俺などはまあ、どうだっていいが……）

（マリウスどのは、もうタイ・ソン伯爵が失脚したから、タイ・ソン伯爵から追手がかかる心配は少し減ったが、逆にこんどは、そのタイ・ソン伯爵告発の証人として、タリク大公から追手がかかったら――このほうがやばいというものだな……）

（何にせよ、オロイ湖を渡って、無事クム領内を出てしまうまでは、とうてい一瞬たりとも気を抜くわけにはゆかないということだ……）

そのためにも、この地下水路で、伝説のラングート・テール、などというものに遭遇したくはないものだ、とブランは切実に、ドライドンに祈った。

本当は、もうちょっと待って、せめてグインの傷がもうほんの少しだけでもよくなってからこの最後の冒険に乗り出したい。だが、タイスの警備がゆるみ、おろそかになるのはこの水神祭りの後夜祭――今夜一晩限りしか機会はないのだ。しかもその一夜はもうすでに半分以上過ぎてしまっている。

三艘のグーバはゆらゆらと細い地下水路を進んでいった。やがて、たくさんの鍾乳石の石柱が水中からかなり高い天井へとあがっている、広いといえば広いけれども、きわめて障害物の多い地下湖に出る。

暗い水のなかには、うねうねと何か奇怪な白いものが泳ぎまわっているのがときたまかいま見えた。それにあまり目をむけることはぞくりと背中を冷たくさせる効果があったので、ブランはそれから目をそむけて、あたりに注意をはらいつつも極力見ないようにしていた。それはあるいは、一生太陽の光というものを知ることもない、目なしの地下水路の魚たちであったかもしれないが、それとももっとぶきみなもの——長いくねくねしたミズヘビだの、あるいはもしかしたら、きわめて危険なガヴィーかもしれなかったからである。もっともガヴィーについては、水賊たちはとてもききめのある、ガヴィーが大嫌いな没薬をときたま水に投げ入れながら進んでいるので、水賊たちがあやつるグーバに乗っているかぎりは、ガヴィーにいきなり襲われるという心配はかなり少なかった。

それよりも心配なのは、ガヴィーたちが泳ぎまわっていると、なかには相当でかいガヴィーもいたので、それのあおりで波がたって、それでグーバが転覆させられたりするほうだった。水中に落ちてしまえば、あとは没薬のききめもなく、ただガヴィーにむらがられてえじきにされてしまうだけのことだ。そう考えると、さしも、板子一枚下は地獄の心意気でレントの海、コーセアの海を乗り切ってきた名うてのヴァラキアの船乗りたるブランも、相当にぞっとするものを覚えるのだった。

(でも、結局のところ、そのラングート・テールってやつは……きっと、特大のガヴィーかなんかが、そう見間違われたか、あるいは……何か、背中にコケでも生えていてそんなふうに見えたりしたのかもしれないな……）

（沿海州だって、海のあやしげな伝説というやつは――十中八までは、特別に巨大なイカだの、タコだのが海坊主にされたり、クラーケンにされたり――だが、ごくごくたまに本当にそういうあやしいものもいたりするから、それが海の脅威ってやつなんだが……だが、この地下水路については、そこまででかくなるやつってのはいないだろうし、そもそもイカだの、タコだのはいそうもないしな……淡水なんだし……）

ブランはいつしかに、緊張しながらも、あらぬさまざまな物思いに心がさまよい出してゆくにまかせていた。ちゃぷ、ちゃぷとふなべりを打ち付ける波のものうい単調な音が、ついつい、もとはきっすいの沿海州の船乗りのブランにそのような物思いを誘うのだ。あまりにも、果てしなくひろがるレントの海、コーセアの海の大海原と、この暗いあやしい息詰まる地下水路とでは違いすぎたけれども、小舟の振動に身をまかせる感覚だけはどこか同じだった。

三艘のグーバは順調に地下水路を、特にさしたる妨害にもあわずに進んでゆく。また狭い水路に入ってゆくと、その入口のところに、岸にひっかかったまま、息絶えてしまったらしい白骨死体が、もはや水に衣類さえも洗い流されて男女の別さえもつけようがなくなったまま、まるで道案内するかのようにその右手をまっすぐ、行く手のほうにのばしているのがいきなり見えて、思わずさしものブランも「ヒャッ」とつぶやいたが、グインのほうは、ひと足さきにその白骨が目に入ったはずだが、そんなものに注意を払うゆとりもないほど弱っているか傷が痛むのか、ふなべりを右手でしっかりと握り締めてからだを支えたまま、微動だにしようとしなかった。

そのまま、白骨死体のうつろな眼窩に見送られながら、やっとグーバが通れるというぎりぎりの地下水路を漕いでゆく。が、さらに水路が細くなった。

ふいに、先頭をゆくスーチョウが、グーバをとめ、棹を横にした。手ぶりで、グインに、陸にあがって歩け、というそぶりをする。そこからしばらくは、ぐっと天井が低くなっていて、グーバを押しながら歩かなくてはならないのだ。

「陛下。大丈夫ですか？」

「大丈夫だ」

グインは短い息を吐きながら答えると、ブランに手をかしてもらって狭いその横穴のような通路に這い込んだ。

それはからだの大きいグインには相当に苦しい試練であった——ことに、いまの、左肩に重傷をかかえているグインには拷問にひとしい、ずっと身をかがめながら通り抜けてゆかねばならぬ狭い石づくりの天然のトンネルが続いている。グインの口から苦しげな呻き声がもれるたびに、ブランは気が気ではなかった。だが、ブラン自身も、息づまるような低い天井の横穴を、背をまげたままよちよちと抜けてゆくのがずっと続いてゆくと、絶叫してかけだしたくなる衝動を懸命におさえなくてはならなかった。

このようなところは、以前にグインがこのあやしい地下水路の迷宮に連れてきたときにも、通ったことはなかったはずだ、とかすかに思う。だが、もう、何かを考えているとそれだけで気が狂いそうだった。かれらは黙々とひたすら歩きつづけ、いったいどのくらいの時間がかかったのか、ついにその横穴をぬけて、ぐんと広い地下湖に出たときには思わず歓声をあげそうになった。

それは石柱もない、本当にきわめて天井も高く広い地下の湖のおもむきであった。そしてその彼方のほうには、嬉しい出口のかすかなあかりさえも見えている、というおまけまでもついていた。それまでの横穴があまりに辛かっただけに、ブランは歓声をあげて水のなかに飛び込んで泳ぎだしたいほどの解放感を覚えた。

が——

「陛下！」

さすがに、重傷をおったからだには、ずっとそのからだをかがめたまま、横穴を抜けてゆくのは相当な苦しみであったに違いない。グインは呻きながら、しばらくその岸辺でうずくまってしまった。

「陛下、傷が——」

「大丈夫だ！」

だが、なおもグインは荒い息を吐きながら、激しく言い返した。

「ちょっとだけ――ちょっとだけ休ませてくれ。そうすればまた、グーバで……」

三人の水賊たちは、すでにグーバを水のなかに押し出し、かれらが乗るのをじっと待っている。水賊たちはみなどういうわけかからだが小さい。この地下水路だけで暮らし、太陽の光をあびることがないと、背が伸びないのかもしれなかった。その小さなからだで、いかに小さくて軽いとはいえ、グーバをときには持ち上げて運んで、あの狭い洞窟を抜けてここまできたのだ。そう思うと、ブランもさすがに申し訳ないような気分がしたが、グインをそのままには出来なかった。

「すまぬ。ちょっと陛下がご気分がわるいのだ。ちょっとだけ、待っていてくれぬか」

身振り手ぶりもまじえながら、水賊たちに頼み込んで頭をさげると、どこまで通じたのか、黙って水賊たちはグーバの上で、棹を水に差し込んだまま待っている。

「陛下、水でもおのみになりますか」

「待ってくれ」

グインの息は荒かった。

「ちょっと――そっとしておいてくれ。――ちょっと……ちょっとのあいだ……すぐ直る。すぐ……動けるようになる」

どうしたらいいのだろう――と、おろおろしながら、船でなくてはとうていこえてゆけそうもない、目の前の地下湖のひろがりを見やったときだった。

ブランの顔が、ちょっと青くなった。

「陛下……」

「リギア」

低く囁く。リギアがすぐにかたわらに寄ってきた。

「何か、聞こえないか。――なんだか、ごーん、ごーんというような――何かの、鳴き声……なんだろうか……」

「ええ」

「やっぱり聞こえる？」

空耳か、何かの錯覚か聞き違いであればいいが、と思っていたのだが、そうではないようだった。

「リギアさんにも？」

「聞こえてたわ。あたしには、さっきから。――でも、何かの空気の反響かなにかかなと思ってたんだけど……」

「ああ……でも……」

その音は、何かの鳴き声ともきこえれば、また、洞窟のどこかを空気が通り抜けるときにそのように反響するのか、と聞こうと思えばきこえぬこともない。

ごおーん、ごおーん——という、なんとなくひどく不安をそそる、異様な底ごもる音だ。

ぴちゃぴちゃという波音や、かすかな地下水路のざわめき、そしてどこか遠くを通り抜けるらしい風の音——

そうした、もうすっかり耳に馴染んでしまった自然の音とはまったく違う、妙に金属的でさえあるようなひびきをもって、その音は、考えてみればずっと通奏低音のように続いていたのだが、それが、この地下湖に出たとたん、倍ほども大きな音でかれらの耳に響くようになっていたのだった。

「すまぬ。ちょっと教えてくれ」

奇妙な不安にせきあげられるようにして、ブランはスーチョウに駈け寄った。

「あの音——あの、ごーん、ごおーん、というような変な音はいったい何だろう？　何か、危険なんだろうか？　危険なものが近づいてくる音か？　そうでないのだったら、それはそれで——もうただ、気にするのをやめればいいのだと思うのだが……」

「………」

スーチョウも、スーインと同じく、まったく口をきこうとせぬ。

それは、地上で生活するものとは口をきいてはならぬ、という、地下生活者のおきてなのか、それとも、そもそも、口をきくことが出来ぬのか。

ブランが詰め寄ったのにも、まったく、何も答える意志はないかのように、ただ、首を横にふっただけだった。黒いフードのなかから、小さく赤くもえる二つの目が光っている。

(くそ……)

ブランは、さらに問いつめる気持を失った。

「陛下……」

「ああ」

いくぶん、弱々しいいらえがかえってくる。

「わかっている。もう大丈夫だ、時がうつる——もう時間がない。大丈夫だ。グーバに乗ろう」

「陛下」

ひどくぎょっとしながら、ブランは叫んだ。

「もしかして、ひどく御加減がおわるいのではございませんか? いま、お支えしようと……ふれたお手が、まるで……」

まるで、燃えているようだ。

「リギアどの」

ブランは懸命に、動揺をおさえようとつとめながらリギアを呼んだ。

「陛下が……どうやら、お熱が」

「お熱が出てしまわれました？」

リギアがくちびるをかんだ。

「心配していたことが。――でもここではどうしようもないわ。せめて、この湖の水でちょっと手布でもしぼってきて……」

言いかけて、ちょっと奇妙な顔をする。

「こういっては失礼だけれど、陛下のそのおつむりを冷やしてさしあげても、きくのかしら……」

「………」

ブランは、困惑しながら、ひとのものではない豹頭をじっと見つめた。

「大丈夫だ」

いくぶんふるえる声が、その豹頭の口から洩れた。

「そのような心配はしていらぬ。――大丈夫だ。だんだん、おさまってきている。いまのかがんで歩いたのがかなり、傷にさわったようだが、傷はひらいていないと思う――また出血したという気配もない。ただ痛いだけだ。――大丈夫だ」

「陛下――でももうちょっとだけ、おやすみになりませんと……」

「俺がここでそのようにしていては、ドーカスに迷惑になる。またフローリーも心配しよう し、スーティの安全も気になる。行こう」

「しかし……」

それで、むりやりこのような強行軍を続けて、それで豹頭王の身に万一のことがあっては——

そのことばを、ブランは無理に飲み下した。

(ですよね……おやじさん。もしこれがおやじさんだって——そのくらいの無茶はなさいますよね。……おやじさんも、するときゃ、ほんとに無茶をするおかただものな……)

(ああ、そうだ。——ものすごく遠い昔みたいに思えるけど……あれはまだ俺がほんの甲板走りあがりで、おやじさんのオルニウス二世号にはじめて乗り組んだときだったなァ。——そうだ、ヴァーレン会議のときだ。あのとき、おやじさんが、船長の身もかえりみず、単身ライゴールのアンダヌスの船に乗り込み、手傷を受けて帰ってきたといって、上がそりゃあたいそうな騒ぎをしていたっけ。——あのときにゃ、俺なんかまだまったくの下っぱだから、おやじさんと直接口をきくことさえ、恐れ多くてどきどきしてたが——そうだなあ、やっぱり、本当の勇者っていうのは、こんなにむこうみずで、自分のからだを張るものなんだなあとみんなで話していたのを覚えている……)

（そうだな……おやじさんが、世界最高の英雄とまで認めたこのおかたが、そんな無茶でないわけがないんだ……どこか、似ているものな。まったく違うのに、ヴァラキアのカメロン船長と、ケイロニアの豹頭王——どこがどう似ているんだか……無茶なところかな、ははは ッ……）

グインは何も云わない。

ただ、歯を食いしばってそのからだをひきずりあげ、グーバに乗り込もうとしている。おそろしく、からだが重いのだろう。鉛を詰め込まれたように重く感じているのではないか、と思わせる、日頃とは似ても似つかぬ、のろのろとした、苦しげな動作だった。

（くそ——いっそ、もう、陛下に剣を捧げて——いや、だけどそうしたら、もう二度とおやじさんのところには戻れなくなっちまうしなァ……）

（でももう——これだけいろんなところを見ちまったら、クムを出ても——スーティさまを連れ出してゴーラに連れ戻すなんて——とうてい、そんな気にはなれないしな……いっそ、どこかで俺がおふたりを守るために名誉の戦死をとげちまえば、俺も楽になれるんだがなァ……）

グインは、ブランの胸のなかを去来するそんな千々に乱れる思いなど知るすべもなく、かろうじてグーバのなかに乗り移った。そしてそのまま、喘ぎながらうずくまっている。

あわてて、ブランも自分のグーバに飛び乗った。リギアが続く。

（やだな——ごおーん、ごおーんという音がますます大きくなったような気がするが……ああもう、気のせいだと思っておこう。しょせん、正体は知れないんだし……もしかしたら本当にただの風かもしれないんだからな……）

ブランは、ただこれだけが頼みだ、とばかりに胸に抱いた剣の柄を握りしめた。

ゆらゆらとまた、三艘のグーバは地下湖に出てゆく。水面がなにやら異様に盛り上がってざわざわしていた。ごおーん、ごおーん、という音が、ふいに極限までたかまった、と思った、その刹那だった！

第四話　さらばタイス

1

ふいに、先頭でグーバを漕ぎ出そうとしていたスーチョウの口から、はじめて、驚愕と恐怖のすさまじい叫びがほとばしった！

「ワアアーッ！」

同時に、スーチョウはグーバから岸にむかって飛び上がり、うしろのやっと抜けてきたあの細い入口めがけてかけだした。同時にすさまじい大波が湖の水面をゆるがしながら岸辺のグーバに襲いかかってきた！

乗り手が片方飛び降りてただでさえバランスの崩れているところに、巨大な波が襲ってきたのだ。グインの乗ったグーバはひとたまりもなく転覆した。グインのからだが黒い湖水に飲み込まれるのを見た瞬間、ブランは剣を抜き放ち、そのままためらわずに揺れるグーバからこれも湖水に身をおどらせていた。

絶叫が尾をひいた。リギアは叫び声をあげながら、激しく波にゆられるグーバのへりにつかまったが、そのグーバの船頭もあわてて岸に飛び移るのをみて、直感に従っておのれもいそいで岸に飛び上がった。ブランの乗っていたグーバの船頭も、同時に陸に飛び上がり、三人の水賊たちはいずれも身をまるめるようにして細い通路に逃げこんでゆく。リギアは瞬間迷いながらもふりむいて剣をかまえた。

「陛下ッ！」

水が白く泡だっている。

「ブラン！　陛下！」

湖水をのぞきこんだリギアは、ブランの頭が浮かんできたのでほっとした。ブランは剣を口にくわえ、そして、なんとか水中からグインをかかえあげようとして悪戦苦闘していた。リギアはあわてて手をのばして、ブランを助けようとした。だが、大波にゆられて思うにまかせぬ。

ブランが思いきったようにいったん片手をはなして口の剣をとって陸に放った。そしてそのまままた水中に沈むと、こんどは両手でグインをかかえあげようと必死に立ち泳ぎしながらじたばたした。リギアが金切り声をあげた。

「あれは！」

白い波しぶきが、突然、巨大な三角形となって、水中から盛り上がってきたように見えたのだ。

「きゃあっ！」

リギアは剣をかまえたまま、悲鳴をあげた。

「いやーっ！　ブラン、早く！　早く陛下を岸へ！」

「うわあッ！」

ブランの口からも、悲鳴が洩れた。めったなことでは、この剛の者の海の男が悲鳴をあげることなどなかったのだが。

水を割ってあらわれたもの――

それは、信じがたいほど巨大なガヴィーの頭だった。

くわっと、その白い長い顎が上下に割れ、ぱっくりと、ぎざぎざのぶきみな牙がはえた口が開いた！

「わああッ」

ブランはそれでもなお、グインをはなすまいと必死に水中でもがきながら剣をさぐった。が、剣はすでに陸に投げてしまっていたのだ。

「陛下ッ――」

ブランが、絶体絶命の叫びをほとばしらせた。

リギアは思わず顔を覆った。そのまま、凄惨な光景を見るまいと目をつぶってしまう。

その耳にきこえてきたのは、だが、異様な物音だった。

なんともいいようのない、けだものの叫びとも、呻きともつかぬもの——そして、激しいすさまじい水音。

リギアが、おそるおそる目を開いたとき、彼女の目に入ったのはまったく予想もしなかった光景だった。

巨大なガヴィーは上顎と下顎を貫き通して細長いレイピアのようなもので串刺しにされていた。その激痛に、白い怪物は水中をのたうちまわっている。ものすごい勢いでその尾が水を叩くたびに水しぶきが天井まではねあがる。

そして、それまで確かにそこに絶対に存在していなかった人影が、陸にかるがるとグインのからだを引き揚げ、同時にブランをもついでに引っ張り上げていた。その人影は、逃げていった水賊どもとまったく同じように、黒いフードつきのマントでその身をつつみ、全身真っ黒にみえたけれども、水賊たちよりもずっと背が高かった。そのフードのなかの顔がこちらを向いた瞬間、ふたたび、リギアの口から、驚愕の叫びがほとばしっていた。

「ああ！　ヴァレリウス！　ヴァレリウス！　信じられない、本当にあなたなの？　なんで——なんでこんなところに！」

黒い魔道師のマントに身を包んだ、痩せた魔道師——パロの魔道師宰相ヴァレリウスは、かすかに微笑んだだけで、何も答えようとしなかった。

「はあッ……」

ブランのほうはかろうじて陸に這い上がると、ぬれねずみのままおのれのようすにはかまいもせずに、陸の上によこたえられているグインのほうに飛びついた。

「陛下ッ！　陛下、お怪我は！」

グインは気を失ってはおらぬようだった。だが、ぐったりとなったまま、かすかな呻き声をもらすばかりだ。グインの負っている深傷にとっては、狭い横穴を抜けてくるのだけでもきわめて辛かったのに、その上にグーバが転覆し、そして水中に落ちる、というのはあまりにも強烈なかさなる打撃だったのだろう。

「陛下！」

「お静かに」

ヴァレリウスが、口をきいた。ブランは、思わず片手を地面に落ちているおのれの剣にのばし、つかみとろうとしたが、このあやしい人物が、ガヴィーの脅威から助けてくれたのだ、ということをやっと思い出して、その手をとりあえずひっこめた。

「あなたは？」

「そちらのリギアどのはよくご存じの者です。私はパロの魔道師宰相ヴァレリウス。上級魔道師です」

「パロ――の――魔道師宰相ヴァレリウス――?」

ブランの目がまんまるくなった。

ヴァレリウスは、無造作にそのブランをかるく追いやるようにして、グインのかたわらに膝をついた。湖水のなかで、どうやら力つきたのだろう。巨大なガヴィーが、そのまま水中に没してゆき、まだぶくぶくと水底から大きな血のあぶくがいくつもあがってきていたが、それもしだいに少なくなって、地下湖の水面はまたもとのしずけさを取り戻しつつあった。

「これは、かなり危険な状態だ」

ヴァレリウスは落ち着いた声でいうと、素早く何かを、魔道師のマントの下のかくしから取り出すと、グインの口にふくませ、それから、手なれたようすで、グインの包帯をほどきにかかった。

「何を――?」

ブランが、思わず手をのばしてそれをおさえようとする。ヴァレリウスは灰色の目でじっとブランを見つめた。

「お静かに。ことは一刻を争う。陛下のご容態はかなりお悪いようだ。お手当をしてさしあげないと」

「え。し、しかし」

「ブラン、大丈夫」

リギアが溜息のような声をもらした。

「このひとは悪人じゃないわ。信じて大丈夫よ――本当にこのひとは間違いなく、パロの魔道師宰相ヴァレリウスそのひとだわ。あたしはよく――そう、あたしはよく知っているの。このひとは信用しても大丈夫よ」

「し、しかし――その、パロの魔道師宰相がなぜ、このようなところへ……」

「そのご不審はごもっとも。――ブランどのでしたね」

ヴァレリウスは、水にぐっしょりと濡れたグインの分厚い包帯をすばやく取り去りながら云った。

「なぜ、私の名を？」

「ゴーラ王国宰相カメロンもとヴァラキア提督の右腕にして、ドライドン騎士団副団長、ブラン准将。そのお名もかねがね存じ上げております。――こう申し上げるとたいへん気味悪く思われるかもしれませんが、魔道師のすることとゆえお許し願いたい。私はいま急にここにあらわれたわけではありません。――もう、ずっと、何日にもわたって、このなりゆきをじっとひそかに、このタイスにあって拝見しておりました」

「な、何ですと？」

ブランは仰天した。それから、いきなり、思いあたって叫んだ。

「ああッ！　思い出した！　じゃ、あれだ！　ずっと俺が、どこかで見張られているような——誰かに見られている、という気がしてしかたなかった、あれは、もしかして！」

「ふだんはめったに、上級魔道師たるもの、その看視を感づかれることなどないのですがね。さすがにカメロンどのの右腕、しかも豹頭王陛下の信頼をさえかち得るほどの勇士だけおありになる」

ヴァレリウスはようやく、水にしとどに濡れそぼった包帯をすべて取り去ると、どこからともなくかわいた布をとりだし、それでぐったりとなっているグインの上体をきれいに拭いはじめた。それから、ふと気付いたようにもう一枚の布をまたしても空中から取り出して、リギアに放った。

「リギアどの。これで、陛下のおからだを——おみ足をお拭きして差し上げてください。冷やすとお怪我によくない」

「は、はい」

リギアは珍しくも何も言い返さなかった。なんとなく気圧されたように、ヴァレリウスの放った布を受取り、グインの両足を拭ってやりはじめる。

グインはヴァレリウスが口に何か含ませたことで、楽になったのか、呻き声をたてなくなっていたが、そのままじっと動かない。ヴァレリウスは、丁寧にたくましい上体、ことにむざんな傷口の周辺を拭っていたが、ほっとしたように云った。

「大丈夫だ、傷はさいわいそんなに開いていないし、出血もしていない。さすがに陛下だ。すさまじい体力だな――お怪我をおわれてから、落ち着いて静養もなさるひまもなかったはずなのに。もう少し肉がくっつきかけている。ほんのちょっとだけ早く私がお手当してさしあげられれば、いまごろはもうかなり元気になられていたかも――底知れぬ体力だな」

云いながら、すばやくこんどはかくしから、何か黄色い塗り薬を取り出すと、傷の上に丁寧に塗りこみ、そして湿った白い布をその上に貼り、その上になにやらまじないのようなものを指先で描いてゆく。さらに、その布の上からこんどはもんでほぐした薬草のようなものをひろげてあてがうと、素早くこんどは濡れた包帯をとりあげてぎゅっとしぼり、また何かしぐさをすると、不思議なことに包帯の水気はほとんど抜けてしまった。

かわいてしまった包帯を、ヴァレリウスは手早く馴れたしぐさで傷にまた巻き始める。そのようすを、ブランはひたすら、ぽかんとしながら見守っていた。

「それにしても――ヴァ、ヴァレリウス、あなたはなんでこんな――こんなところに……ひとのわるい、もっと早くにあらわれてくれればよかったのに――」

「それは、そうもゆきませんよ。私には私の都合ってものもある、リギア――リギア聖騎士伯どの、もしもまだそのようにお呼びしてよろしいのであれば」

いくぶん皮肉にヴァレリウスは包帯をまきながら云った。

「それに、私のほうはあちこちでいろいろなものを見聞きしていましたのでね。本当に陛下には陛下のご計略がちゃんとおありだということもわかっていましたから、本当に陛下がどうにもならぬ状態に切迫されるまでは、すがたをあらわすつもりなどなかった。もしも、陛下のお怪我が、これほど重くなく、予定どおりにタイスを脱出する船にのられたら、私はただそのあとを姿を消したままついてゆき、クム国境をもこえ、パロにお入りになり、クリスタルに近づかれた時点ではじめて、何も知らなかったようにお迎えにあがるつもりでおりましたよ。そもそも、陛下が本当にはどうなさりたいのか、そのお邪魔をすることは、私の本意ではございませんでしたからね」

（いきなり、よく喋るやつだな）

思わずブランはそっとひとりごちた。ヴァレリウスは知らん顔をしていた。

「そんなに最初から見ていたのだったら、そもそも陛下がお怪我をなさった時点ではせめて助けてくれたらよかったじゃないの」

リギアがぶつぶつ云う。ヴァレリウスはようやく包帯をまきおえた。

「いや、そうも思ったのですがね。しかし、せっかく陛下がこうして計画どおりになさろうと頑張っておられるのですから――いや、でもそんなことを云っている時間もないのでしょう。失礼」

包帯をまきおえ、革のマントをまた例の――ブランは思わず（手妻だな！）とつぶやいてしまったが――奇妙な魔道でかわかしてしまうとそれでグインのからだをくるみこむと、ヴァレリウスは、こんどは小さな細い筒のようなものに入った何かを、グインの口に含ませた。

それがのどを通ったとみたとたんに、グインの目が開いた。そしてその唇から呻き声がもれた。

「う――ここは、どこだ……」

「ここは、まだタイスの地下水路のなかでございます、グイン陛下」

ブランが口を開くよりさきに、素早くヴァレリウスが云った。そして、うやうやしくフードの頭を下げた。

「私のことはお忘れかもしれませぬ。私はパロの魔道師宰相ヴァレリウスと申すもの。陛下とは、なみなみならぬご縁あって、さまざまなご厄介になってもおりますが、陛下は記憶を失っておられるとのことゆえ、私のことはお見分けになれぬかもしれませぬ。が、私が間違いなくお味方であることは、このリギアどのが保証して下さいましょう。わたくしは、陛下が、お命をかけてアモンの脅威からパロを救ってくださった、その恩義により、陛下をなんとしても御無事にパロにおこしいただくべく――あるいは陛下のおいでになりたいところにお連れするべく、陛下のお行方を捜索しておりました。詳しいお話は、またおって船の上ででも申し上げますが、わたくしはこのタイスでおきたもろもろの出来事はみな存じ上げております。——おからだの御加減はいかがでございますか」

「うむ——さっきに比べたらよほどマシになった。というよりも、いまならばもうほとんど、何をしようとこたえぬのではないか、という気さえする」

グインはうろんそうにヴァレリウスを見た。

「おぬしがいま口に含ませてくれた水薬を飲み下したとたん、えもいわれぬさわやかな心地がして体中に精気がみなぎった。あれはどういう薬だ。ヴァレリウスとやら」

「これは魔道の活性薬でございます。あまり、たびたびお用いになるとおからだに——少なくとも常人には、おからだによろしくない作用も出ますが、このように弱っておられるときには、またとないほどに強壮の作用を果たします」

「陛下。この者は確かに悪人ではございません、お味方でございます」

リギアがにわかにパロの貴族に戻ったような口のききかたになった。

「この者はわたくしには古い古い昔からの浅からぬ因縁のある知り人——また、いま、陛下とブランを襲った恐しい怪物をこの者が退治てくれました」

「なんとも巨大なガヴィーでございました」

ぶるっと身を震わせてブランが云った。

「あんなでかいやつがこんなところにいようとは。——といっても、あのでかさでは、この湖水のあたりしか徘徊できますまい。ああ、それでか。弱虫の水賊どもめ、戦うどころか、あっという間にあの細い水路に逃げ込んでいってしまった。あの水路なら、あのガヴィーではとうてい入れないだろうしな」

「グーバを残していってしまったわ」

呆れたようにリギアが云った。そして狭い通路の奥をのぞきみた。

「どこにもいないわ。逃げてしまったらしい。困ったわね、時間がないというのに」

「ともかくもこのようにして正体をあらわしてしまったからには、こののちはもう、パロまでお供いたし、陛下がタイスを脱出されるお手伝いをいたしますよ」

ヴァレリウスが云った。

「それにわたくしのほうも、本来の——パロの宰相としての果たさなくてはならぬ役割というものもございまして。——つまり、パロの王太子殿下、ないしいずれ王太子殿下になられるかもしれぬかたのお身の安全を守る、というお役目でございますが」

「マリウスのこと?」

リギアが眉をしかめて云った。

「マリウスさまはどうなったのかしら。もうおっつけ、マーロールが救い出してこちらい、あのかたひとりではとうてい、こんな地下のあやしい迷路を抜け出すことなんか出来ないに違いないわ」

「いずれにせよ、マリウスさまのお身柄は、御本人がいやがられても、わたくしが確保してパロへお連れするよう、リンダ女王陛下に申しつかって参りましたので」

ヴァレリウスは云った。そして、ちょっと時間を気にして立ち上がった。

「もう、夜明けまで、三ザンほどしかございませんよ。予定どおりになさるのなら、もうここはたちのかれませんと」

「といっても、水賊たちは逃げてしまったわ……」

リギアが不服そうにいう。ヴァレリウスは笑った。

「このさきは魔道師がついておりますのですから。――どこへなりとお連れいたしますよ。このグーバに乗って、まずはこの地下水路を出、そしてタイス港の南口に出て、《青のドーカス》の家へいらっしゃるのでしょう」

「おぬし、みんな聞いていたようだな」

グインがトパーズ色の目をきらりと光らせた。

ヴァレリウスはちょっと頭を下げた。

「本当は、もっとずっと早くに、わたくしは、陛下を無事におともない申し上げているはずだったのです。――しかしいろいろと、とんでもない事情だの――二人の大魔道師たちのそれぞれの都合だの、また陛下の御希望だの、さまざまなものがあって、陛下がパロを目指されたと知るのがだいぶん遅れてしまいました。——豹頭王を名乗る芸人と吟遊詩人マリウス、と名乗るものの一座がタイスの水神祭りにあらわれた、という情報を得て、まさかと思いましたが、いっぽうでは、ああ、陛下であればそのくらいの大胆不敵な方策はおたてになるかもしれぬと——他には、これほど目立つかたが、堂々とクム領内を横切ってゆく方法はございますまいしね。まあ、それはともかく、グーバにお乗り下さい。今回は片方のグーバは、ブランどのにお願いして漕いで頂かなくてはなりませんが。一艘は沈んでしまいましたからね。ブランどのは、リギアさまをお乗せして私のあやつるグーバのあとについていらして下さい。私は陛下をお乗せして参ります」

「心得た」

「ブランどのはヴァラキアの船乗りでおありになりましたね。当然、こんな小さなグーバなど、操るのはお手のものでいられましょうし。——大丈夫ですよ。もうあの怪物はあらわれますまいし——あの《光の箭《や》》には、ちょっとした毒が塗ってありましたので、もう死んでしまっておりましょうし、もしほかにもあんな怪物がいたとしても、わたくしがついておれば、何も危いことはございません」

（ほんとに、よくしゃべる男だな）

ブランは、なんとなくまだまゆつばな気分のまま、またしてもそう内心独白した。そうこえばマリウスもまことによくしゃべるパロの男というものは、このくらいしゃべものなのかな、というのが、ブランのひそかな感慨であったのである。

ヴァレリウスはグーバを引き寄せ、大波のあおりをくらって中に水が入ってしまったものを手早くかいだした。そして、かれらに乗るようにうながした。

グインは立ち上がって、グーバに乗り移った。明らかに、グインも、ヴァレリウスの手当を受けてから、よほど傷の痛みも、からだの衰弱も楽になっていたのだ。グインの動きも、さきほどとは別人のようになめらかになっていた。

「あの、白いワニ、確かガヴィーとよばれているのでしたね。それにしてもたいそうでかいやつでございましたな。まさに地下水路の主、といったおもむきでしたね。――この地下水路には、《ラングート・テール》と呼ばれる伝説の怪物がいるという話がありましたけれども、それはもしかしたら、あの怪物ワニのことだったかもしれませんね」

「ああ」

「もっとも、あれだけの大きさでは、この地下湖よりほかのところへはとうてい行けないでしょうが。それに、あの大きさになるのに、いったい何を食べてそうなったのかと思えば、とうてい、いい気持はいたしませんけれどもねえ」

脱出者たちの気分をやわらげたいかのように、たゆまずに話し続けながら、ヴァレリウスは、直接手を使わず、まるで棹が自分で勝手にグーバを漕いでいるかのように、その棹のてっぺんにちょっとはなれて手をかざしただけでグーバをあやつりながら、広い地下湖の上に漕ぎだしていた。ブランはリギアをのせて、棹をさすがに器用にあやつりながらそれに続いてゆく。

もう、何もあやしげな怪物が水中から突然あらわれることもなく、またそのような突然の出現を予期するような泡がたつことも、大波がおきることもなかった。ごおーん、ごおーん、というぶきみな音もいつのまにか、とだえている。

やがて、さしも広い地下湖といえど、さすがに地下の湖であるには違いなく、それを渡りきると、その向こう岸のさらに奥のほうに、ちかちかと小さく光るものが見えはじめていた。岸にあがり、グーバをそこにおいて、そちらを眺めたかれらは、それが、地下水路のはずれからみえる、《外》の世界のあかりであることに気付いたのだった。

「ヴァレリウス。マリウスさまはどうするつもり？　まだ見えないわ」

心配そうにリギアがいう。ヴァレリウスはうなづいた。

「ちょっと遅れておられますね。ここで待っていて下さい。私がちょっと、様子を見てきて、もしもう《下》に降りてきておられるようならば、こちらにお連れしてきましょう」

「あ――」

声をあげるひまもなかった。

ヴァレリウスの黒いマントをまとったやせたからだが、グーバに乗るかわりに、すいと地下湖の上、水面の一ターールばかり上くらいに浮かび上がり、そのまますいすいと湖水を渡ってゆくのを、三人はなかば茫然と見送った。

「おかしなやつだな……」

思わず、ブランは呟いた。

「だが、やっぱり本当にたいした魔道師なんだろうな。なんだか、さっきから、びっくりさせられっぱなしだ」

「ああ、確かに腕はよいのだろう。俺の傷のほうは、もうまったく痛まなくなったばかりか、からだの衰弱のほうも、ほとんど感じなくなってきたほどだ」

グインがちょっと感じいったように云う。リギアはちょっと肩をすくめた。

「まさかこんなところであの男に会うなんて思いもしませんでしたわ。ほんとにずっと尾けまわしていたのかしら。だったらもうちょっと早いところ、知恵だけでも貸してくれれば、マリンカだってもっと簡単に救出できたでしょうに。まああの男ともいろいろな因縁があるのですけれどもね。まだその因縁がなかなか切れないんだと思うと、本当にびっくりしてしまうわ。ヤーンのなさることって、不思議ですのね」

2

それほど長いこと、待つほどもなく、やがてまた一艘のグーバが地下湖をわたってきた。帰り道にはヴァレリウスはいたっておとなしく、グーバにマリウスを乗せてきたらしい。ヴァレリウスがあやつるグーバの上には、やはり黒いマントに身をつつんだマリウスがなんとなく釈然としないような顔で乗っていた。これで、パロに連れ戻されてしまうことは確定になったのだ、と思えば、それも当然かもしれなかったのだが。

「お待たせいたしました。マリウス殿下をお連れしました」

ヴァレリウスがグーバを岸につけ、そしてマリウスを岸にあがらせると、だが、一同はかなりほっとした。そして、ヴァレリウスがこんどはまるでこの地下水路についても知り尽くした住人ででもあるかのように先にたって、地下水路を案内してゆくのへ、おとなしくうしろについていった。

ほどもなく、かれらの前に、明らかに地下水路の突き当たりであるらしい石壁があらわれた。それはずっと横にどこまでも水路をさえぎっていて、もうどれだけ横に動いてみてもそこから先へは水路は続いていなさそうだったが、一個所、小さなのぞき穴のような細長い穴があいていて、そして、その穴は上から下まで細いが頑丈な鉄格子がはまっていた。

「これは、マーロールが最初に俺に見せてくれた出口とは違うが……」

グインはその鉄格子を眺めながら考えこむように云った。

「だが、マーロールはそのとき、もちろん地下水路の出口はここひとつではない、ただどれにもこうして格子がはめられ、外との行き来は出来ぬようにされているのだ、といっていたものだ。この格子はいずれの出口でも、きわめて頑丈に溶接されており、ここまでなんとかしてさまざまな脅威や妨害をこえてたどりついたものたちも、さいごにここで結局挫折して、この格子にしがみつき、そのむこうに見える自由の湖水をむなしく見つめながら息絶えてしまったのだ、と。——地下水路の出口として有効なものはただ、紅鶴城や、市中にある何ヶ所かの地上へのあげぶただけなのだ、とマーロールは云ったのだが」

「確かに地下水路の出口は何ヶ所かありますが、この鉄格子が一番細くて弱っていると思ったのでこちらにご案内したのですが」

ヴァレリウスが云った。

「この鉄格子をまげてこじあけるか、引き抜いてしまえばよろしいのでは？　もっともそうしたら、これまで地下水路とオロイ湖とをへだてていた最後の垣根がやぶれ、地下水路にすまうものたちは自由にオロイ湖と往復出来るようになり、またオロイ湖の魚も自由に地下水路に入ってくるようになるわけです。地下水路のほうが全体としてオロイ湖より高くなっていますから、オロイ湖の水が水路に流れ込んで水路を埋め尽くしてしまう、ということにはならないでしょうけれどもね。もっとも気になるところは、やはり、地下水路に棲むようになったおびただしいガヴィーだの、さまざまな怪物だのが、オロイ湖に流れ出していって、たとえばガヴィーがオロイ湖で魚をとっているグーバの漁師や、オロイ湖で遊んでいるタイスの子供や女を襲って食い殺す、というような事態でしょう。しかし、それはまあ、またその鉄格子をもとに戻してしまえばすむことですが」

「まあつね日頃なら、このくらいの格子を曲げることはたいした力わざとも思わぬかもしれぬが」

グインが苦笑した。

「さすがにいまの俺にとってはなかなか難儀かもしれぬ。それに、これまでも何人もの人間が力をあわせて、そうしようとしたこともあるのではないのかな」

「そうですね、そして、しかし、それに成功したものも本当はいなくはないようですよ。私はあちこちでいろいろな伝説などもあつめてみたのですが、じっさいには、タイスの地下水路から脱出して生き延びた、という囚人の伝説などもないわけではないようです。一番驚いたのは、そもそもオロイ湖の水神エイサーヌーその人が、タイスの地下水路にとじこめられてそこから脱出した半人半蛇の怪物だった、という伝説ですね。タイスというのもなかなか面白いところですよ」

「ラングート・テールというのは、カエル女神ラングートと人間のあいの子であるという伝説もあったし」

リギアが面白そうにいった。

「タイスでは、獣や、獣どころではない連中とまでまじわることもそれほど珍しくもないんだわ。ほんとに不道徳な連中だもの。――でもヴァレリウス、本当は魔道の力をつかえばこんな鉄格子など、すぐに打ち壊してしまえるのではないの？」

「それはそうなんですがね」

ヴァレリウスは慎重に答えた。

「それをしてしまうと、もしかすると魔道十二条のどれかに抵触するおそれがないわけでもありませんのでね。どうせ私はいまとなっては、何回も魔道のおきてに背いてしまった、堕落した魔道師ですので、そのこともそれほど苦にしているわけではありませんが、出来ることなら、陛下とブランどのでこの格子をあけていただければと思うのですが」

「あたしだって手伝うわよ」

健気に――あるいは頼もしくリギアが云った。それで、三人は格子にとりついて、力まかせにその格子のあいだをおしひろげるか、あるいはいっそ引き抜いてしまうかしようとさんざんに力をこめたが、格子は岩盤にがっちりと食い込んでいたし、またグインが右手しか使えないので、格子はびくとも動かなかった。

「ちょっと、どいていてくれぬかな」

グインはブランとリギアに云った。そして、やにわに、傷ついた左手を格子にそえた。

「陛下！　まだ、そちらの手をお使いになるのは御無理かと」

あわててブランが叫ぶ。グインは首をふった。

「だいぶ、ヴァレリウスのおかげで傷はよくなってきた。いまここで使わねば、俺の力など、何のためにあるのかわからぬ」

「しかし……」

「どいていろ、ブラン」

グインは云った。そして、両手で格子をつかむと、容赦ない力をこめたが、ふと気付いて、ブランにふりかえった。

「ブラン。その大剣を貸してくれ」

「これでございますか」

ブランが渡した剣を引き抜くと、グインはじっとその格子を眺めていたが、やにわに、気合いもろとも格子にむかって切り込んだ。何回かくりかえして格子に剣で同じ場所に傷をつけると、こんどはあらためて両手でその格子をつかむ。

「エエーイッ！」

必殺の気合いがほとばしった途端に、さしもの格子もぽきりと折れた。

「おおッ」

「なんとかこれで抜けられるだろう。だが、先端がとがっているから、刺さって怪我をせぬよう気を付けろ」

グインはぐいぐいとありたけの力をこめて、切れた格子を反対側に押してねじ曲げた。そのまま、巨体をなるべくちぢめながら、その格子の穴をくぐって反対側に抜け出した。

他のものたちは、おおむねグインの半分はないようなからだつきであったので、そのまま苦もなくするりと抜け出すことが出来た。さいごにブランがやや気を付けながらも無事に穴をくぐって抜け出したとき、先にそこを抜け出したものたちは、膝のあたりまで水のうちよせる、小さな、オロイ湖に注ぐ川のようになっている流出口に、なんとなく茫然としたようすで立っていた。グインでさえ、そうだったのである。

「みな——」

どうしたんだ、と云おうとしたブランもそのまま、なんとなく茫然と目の前にひろがる景色にみとれた。それは、見渡すかぎり黒く深くしずまりかえってひろがる、あまりにも広大なオロイ湖の夜景であった。

いつもなら、たとえどんな深夜といえど、夜明け前といえども、オロイ湖にはいくつかの船が夜通しもやい、そのあかりがゆらゆらと湖面に揺れているはずである。また、対岸は見えずとも、湖中の島々に住むものたちの、人家のあかりもちらちらと見えるはずだ。だが、水神祭りの後夜祭がもうあとわずかを残すばかりといいながら、終わっていないからだろう。オロイ湖は、本当に真の暗闇に包まれていた。

月ももう沈んでしまったのだろうか。ちらちらと無数の星々がまたたいてそれが湖水にうつっているだけで、ほかには一切あかりというものがない。それは、ずっとこの狭い地下水路を通ってきたものたちにとっては、あまりにも広大な、あまりにも茫漠たる闇の湖水のひろがりであった。

地下湖は広いとはいえ、天井が重々しく頭上にひろがっている。一気にこの広大な湖水のへりに出て、なんとなく、かれらはまるで狭い穴ぐらからいきなりつまみ出されてしまったトルクででもあるかのように、ほとんどおびえてさえいた。

「ああっ……」

思わず、リギアがつぶやく。

「なんて——なんて広い——なんて広くて、暗くて……おそろしいようだわ——こんなに広いものがあるなんて、思いもしなかったくらい……」

「まるで、生き返ったここちだ」

低く、ブランもつぶやいた。

「ああ――波がちゃぷちゃぷいって打ち寄せてくる。――海みたいだ。俺が生まれ育ったレントの海みたいだ！」

マリウスは珍しくも何も云わぬ。黙って、マントを寒そうにからだのまわりにかきよせたまま、満天の星を見上げた。

「さあ、急いで」

すばやくヴァレリウスがかれらをうながした。

「ここからは本当は船をつけたほうが早いのですが、いまから船を盗み出したりしているよりは、いっそ湖岸にそって歩いてしまったほうが早いですから、このまま行きますよ。これから、私がいいというまでは、皆さんいっさい口をおききにならずに。それから、陛下はこれをおつけ下さい」

ヴァレリウスはおのれの魔道師のマントをぬぎすてると、それをグインにかぶせた。もっともその下にまとっている魔道師のトーガもいまは真っ黒なものだったので、脱いだところで、フードがなくなっただけで何もたいしてかわりばえはしなかった。

「私についていらして下さい。なるべく湖岸にそって、岸べりを歩きますから。もう少しゆくと、けっこう波止場に近くなり、そこいらまでおりてきて後夜祭の夜のけしからぬお楽しみを楽しんでいる連中がいるかもしれません。気付かれぬよう、闇にまぎれてゆきますよ」

もとより、誰にも異存はなかった。

いわば、それは、さいごの《行軍》であった。ひたひた、ひたひたとかれらは闇にまぎれて歩きはじめた。小さな川口を歩き渡り、岸にあがると、確信ありげにかれらを導くヴァレリウスに先導されて、かれらはひたすらひたひたと湖岸にそって歩いていった。そのあたりはまだ、岸辺のアシが茂っているだけで、タイス港からは少しあったので、ほとんどひとけもなかった。夜はまだ深かった——だが、すでに、まったくの深更ではなくなっていることが、その深い闇のなかに、かすかな夜明けの白さの予兆のようなものがまぎれこんでいることでわかった。

その曙光《しょこう》の予兆がいっそうかれらをせかせた。かれらは誰ひとりとして——さすがのマリウスも、このさいはなにひとこと喋ろうとはせず、ただひたすらにひたひた、ひたひたと歩いていった。

しばらくゆくと、かすかなざわめきや、遠い音楽がきこえてきたり、また、ふいに、驚かされた鳥が岸辺のアシのなかから飛び立って、かれらを逆に驚かせたりした。だが、それでもかれらはひたすら先を急いだ。

ほどもなく、景色はかわり、アシが生えているひっそりとした湖岸から、きちんと石垣で護岸工事のされた、タイス埠頭の一画が近くなったことがわかった。暗い湖水に、あかりもつけぬまま、何艘かの大きな船ももやっている。小さなグーバもそのあいだにつながれているようだ。ときおり、岸近くをなわばりにしているらしいオロイ湖の魚がぼちゃんとはねる。

あかりは相変わらずなかった。今夜だけは、どこの家も、どの船も、すべてのあかりを消して、タイスは闇のなかに閉ざされているのだ。ヴァレリウスは、ついに、湖岸をはなれ、とはいうもののごく波止場に近い一画に、湖にのりだすようにして、湖中にたてた何本もの柱に支えられて建っている一軒の家をさがしあてた。それは相当に立派なもので、そして、その入口にはルアーの神像とおぼしいものがたっており、そしてその戸口には、奇妙なかたちをした葉っぱをつなぎあわせて作ったらしい輪のようなものがかけられているのが、うっすらと星明かりに見えた。

ヴァレリウスはそっと、ほとほととその扉を叩いた。するとなかから、低いいらえがあった。

「この扉は貞淑の輪によって封じられていると知っての訪れか？」

「《青のドーカス》どのか」

ヴァレリウスと入れ替わって、ブランが扉に寄って囁いた。

「陛下をお連れいたしました」

「おお」

中からまた低いいらえがあり、そして細く扉がひらいた。次の瞬間、かれらは、もう、家のなかに招じ入れられ、そしてまた戸はかたくとざされていた。

「陛下！　グイン陛下！」

家はたいそう立派で、そして広かった。家の主は、入ってきた客人たちを、急いで奥に案内すると、やっと安心したように、ちいさなろうそくのあかりをともした。そのあかりにうかびあがったのは《青のドーカス》の誠実な顔であった。

「おお、陛下！——よくぞ御無事でここまで——たいそう、ご案じ申しておりました。あのお怪我でよくぞ……」

「予定よりも随分と遅れてしまって、すまなんだ。——心配をかけただろう」

「わたくしなどは、なにほどもございませぬが——おお、フロリーどの、陛下が御無事で……」

「ああ！」

奥の寝室のドアが開いた。

外からも、あかりが洩れてはならぬのが後夜祭のさだめであったから、どの室もあかりを消して厳重にカーテンでとざされていたのだ。そのなかから飛びだしてきたのは、フロリー――地下水路に落とされて処刑されたはずの《ローラ》であった。フロリーは涙だらけの顔で仲間たちを見回すなり、両手で顔をおおって涙にむせんだ。そのとき、ちいさなものが飛びだしてきた。

「おいちゃん！」

「おお、スー坊か」

グインは両手をのばした。

傷のいたみも忘れたように、しっかりと、スーティのちいさなあたたかいからだを両腕に抱きしめ、抱き上げる。

「おいちゃん、おいちゃんだ。豹のおいちゃん！」

「ああ、おいちゃん。スー坊、大変だったな。偉かったな、よくいままでいい子に母様のお言いつけをまもっておとなにしていられたぞ。おじちゃんがたくさんたくさん褒めてやろう」

「なんとも、ききわけのよい、おとなしいお子ですよ」

ドーカスが破顔した。

「わたくしはいまだ子をもちませぬので、幼い子といったら、もっとずっと騒ぎたてたりして、難儀のかかるものかと思っておりましたが、この坊は実にお利口でして、ちっとも騒ぎませんでした。お母様と会ったときだけ、ちょっと泣きましたが、それもうれし泣きで、すぐに泣きやんで嬉しそうににこにこ笑っておりました。こんなに、強いお子がいるとは、驚きでしたよ」

「こちらは魔道師ヴァレリウスどの、事情あって、我々を助けてくれた。リギアとも、本当は俺とも旧知の仲だということだ。むろんマリウスともだな」

グインはドーカスにヴァレリウスを紹介した。かれらは互いに愛想よく挨拶しあったが、それほど相手に興味を持ったとも思えなかった。所詮、タイスの剣闘士とパロの魔道師とではあまりにも何から何までが違っていすぎたのだ。

「ヴァレリウスのおかげでなんとかたどりつくことが出来た。俺もガンダルとのたたかいで相当な深傷をおってしまったので、ヴァレリウスがあらわれてくれなかったら、おそらくここまで来ることは出来なかっただろう。——予定どおり、船は用意してくれたか、ドーカス」

「もう、裏の桟橋につないでございますよ。私はもともと釣りが趣味ですのでこのように波止場近い場所に家をたて、湖の上に張り出した家を作って自家用の舟でいつでも気楽に夜漁や釣りを楽しめるようにともくろんだのが、このさいはお役にたててとても満足でございます。すべてもう用意してございますよ。船頭も私の息のかかった、絶対に信頼できる者二人を乗せてお待ちしております」

「ということは、もうまもなく夜もあける。後夜祭の夜のあける前に、タイスをなんとかはなれなくてはならぬということだな」

「御意——」

「俺は、マーロールのはからいで、ガンダルとの戦いで重傷を負って、城に戻る途中で息絶えたことになっている。マーロールはさらにその死体をなにものかが盗みだしてしまった、という工作をして、誰もが俺の失踪を疑わぬようにしてくれるといっている。フロリーはすでに地下牢で処刑されたことになっているし、スーティも失踪したままということで誰も疑っておらぬ。——ブラン、いや《スイラン》については、あまり消えたところで気にするものはおらぬだろうとブランはいうのだが」

「確かにそのとおりでしょうね。ことに後夜祭のときというのはこういう状況でございますから、たとえば闘技士稼業にうんざりした連中だの、娼婦をやめたくなった足抜きだのが、こっそりとタイスを抜け出すことが多いのです。それも後夜祭のときだけは大目に見て貰えるという慣例になっています。スイランについてもそう思われるだけでしょう。リナについては、女闘王だけに、ちと難しいのではないかと思われますが」

「あたしは、ここからいったん城に戻ります」

リギアが云った。

「どうしても、あたしはやはりマリンカを——本当の妹のように思っているあたしの馬よ、それを取り戻さなくてはならないの。だから、あたしのことは心配しないで。このあとはもう自分でなんとかして、ムランまで辿りつくわ。大丈夫、もうマーロールが伯爵になったのだから、タイスもかわるし、いざとなったらマーロールになんとか頼み込んでタイスから出して貰えるようにするから」

「となるとあとは問題はマリウスどのだけですね」

ややや心配そうにドーカスが云う。

「マリウスどのは、確か拘束されてしまったのでしたね」

「ああ、しかもタイ・ソン伯爵の反逆罪容疑の重大な証人ということになっている。だが、マーロールがまた何とか考えてくれるだろう。彼はなかなかの知恵者だし、頼みに出来る。ともかく、いまはここを一刻も早くはなれてしまうほかはない」

「よろしゅうございます。では船つき場にご案内いたしましょう」

ドーカスはうなづいた。

もうすでに、フロリーもスーティも、何ひとつ荷物もなかったし、ほかのものたちもむろんなかった。ドーカスに案内されて、かれらはドーカスの屋敷のうらて、オロイ湖に張り出している、おもての通りからはまったく見えないようになっている私設の桟橋に降りていった。

「これはすごい。こんな豪華な自前の桟橋を持っているのか、おぬしは」

「はあ、とにかく、釣りと漁だけが楽しみでございまして。――あまり大きすぎても目立ちましょうし、といってグバーノでは少々小さいので、とりあえず十人乗りの中型船をご用意しておきました。これは定期船に使われるものと同じ型ですので、湖水を走っておりましても、誰の目もそれほどひきませんから、ご安心下さい。このあと、どちらにゆかれるか、どのようになされるかについては、一切このドーカスにはお聞かせにならないで下さいませんか。万一にも、このもろもろが露見して、もはやタイ・ソン伯爵は失脚したにせよ、たとえばクム大公にでもとらえられて拷問をうけたさいにも、本当に何も知らなければ、たとえ殺されたとしても、何も申せませんから」

「有難う。おぬしにはまことに世話になった。というよりも、何から何までおぬしのおかげだ。ドーカス・ドルエン」

グインは、先にマリウスたちをドーカスが用意して桟橋につけておいてくれた船に乗り込ませ、さいごに残った。

あとにのこるリギアと、そして万一にそなえているのだろう、ふわりと桟橋の端にたたずんでいるヴァレリウスだけが残り、あとのものたちは、そうそうにドーカスに別れを惜しみながら船に乗り移って、早速に船室に身をひそめている。

「なんの、勿体なきおことば。わたくしこそ、陛下と二度も剣をまじえるという、すべての剣闘士の夢を味あわせていただきました。これにまさる光栄はございませなんだ。かの英雄ガンダルをついにたおしたおかたと、このわたくしが。——いつまでも忘れることなき体験でございました」

「俺とともにケイロニアに来ぬか？」

グインは云った。ドーカスは一瞬、その未来を夢見るように青い目をしばだたいたが、それから、笑って首をふった。

「有難うございます。数ならぬこの身をそれほどまでに——そのような有難いおことばをいただけるとは。そのような夢を見たこともありました。しかし、わたくしはやはり剣闘士でございました。ガンダルがたおれたいま、そして陛下がこうしてタイスを去られるいま、今こそ、このドーカス・ドルエンがタイス最高の剣士、闘王たりうるのではないか、という野望がどうしてもとどめられませぬ。——もしも、その野望を達成し、もはやここでなすべきことはないと思うときがまいりましたら、必ず、陛下のみもとに剣を捧げにまいります。そのときまで、陛下がもし、覚えておいで下さり、わたくしをまだ欲しいと思って下さるのでしたら」

「その言やよし、と思うぞ。ドーカス」

グインは手をさしのべた。

「おぬしこそまさにまことのもののふだ。また会おう。ヤーンがゆるせば、また道は必ず交わろう。世話になった、《青のドーカス》。何もかもおぬしのおかげだ」

3

かくて——

それははや、別れの刻限《とき》であった。

一行はドーカスの用意してくれた中型船に乗り込んだ。そのふなべりに出て、手をふるかれらを、陸に残ったドーカスは感慨深いおもざしで見送っている。あたりは星明かりで暗く、その見送るドーカスの顔も、ここに居残るため栈橋に立って手をふっているリギアの顔も、また見送られるものたちもうすあかりのなかでしか見えぬ。

グインは最後にもう一度しっかりとドーカスの手を握り締め、そして渡し板を渡って船上の人となったのであった。ブランもまた、さいごにしっかりとドーカスの手を握って、つかのまの友情を記憶に刻みこむかのように涙を浮かべた。ドーカス・ドルエンの誠実篤実な人柄には、同じく武士の気概を誇るブランの胸を何か深くうつものがあったのだ。

いよいよ、船が、ドーカス邸の栈橋をはなれようとしたやさきであった。突然、矢のように漕ぎ寄せてきた一艘のグーバがあった。

思わず、桟橋から、ドーカスがはっと声をあげる。だが、すぐに、はっとまた声をのんだ。

「誰だ？」

黒いマントがふわりとなびいたとき、その下に、純白の衣裳と、そして、フードの下にゆたかな銀色の髪の毛が見えたのだ。それは、新タイス伯爵となったマーロールその人であった。グーバを漕ぐ黒い小さな人影はスーインなのだろう。

「どうやら、無事に地下水路を脱出できたようだな、グイン」

船のすぐ下までグーバを漕ぎ寄せさせると、マーロールはあまり大声にならぬよう気を付けながらも、ふなべりから身をのりだすグインにむかって声をかけた。

「僕もとても気になったので、またちょっとひまをぬすんでここまできてみた。今度は本当にまたすぐに戻らなくてはならぬ。夜明けとともに、後夜祭が終わるからな。そうすればただちに今度は、後夜祭の片付けと、そして水神像の引き揚げがはじまる。——今夜まではまだなかなか休むわけにもゆかぬ。せっかく勝手気儘な剣闘士の暮らしに馴染んでいたのに、どうも難儀なことになったものさ、この僕も」

「おぬしにもまことに世話になった。というよりもおぬしの力なしでは、とうていいまだに何も出来ておらぬところだった。マーロール」

　グインはふなべりの手すりをつかんで、湖水を渡る風にさからうように声を張った。

「あまりそこで僕の名を呼ばないでくれ。このあたりは静かだが、それだけに案外遠くまで声が届かぬものでもない」

「ああ、すまなかった。迂闊なことをした」

「いや、僕もついつい、さいごだと思うと名を呼んでしまったが」

　マーロールは黒いフードをはねのけて、その夜目にもあざやかに白い比類なく美しい顔と、そして輝く妖しい銀髪をさらけだした。

「ちょっと、心配していたのだ。傷のあんばいがかなり悪いようだったし、スーチョウどもが、地下湖で大ガヴィーに襲われて、グーバが転覆した、とあわてて告げにきたのでね。それをきいて、そのときちょうど僕はマリウスの脱出にかかっていて、ゆくわけにはゆかなかったので、急いでスーインを見にやらせたのだが、もう、地下湖はしずまっていて、何の気配もなかった。特に血や死骸の残りが浮いているようでもないが、大丈夫だろうかとずっと案じていて、心配でたまらなかったので見に来てしまった。だが無事でよかった」

「ずっとようすを見守っていてくれた古い知人の魔道師に救われたのだ。おかげで俺の傷も手当してもらってかなり楽になった」

「それはよかった。あのままだと、傷のほうも心配だったし。――しかしそんな魔道師などが見守っていたのか。それはまったく知らなかったな」

「こちらもまったく知らなかった。だが、そのおかげで無事に地下水路を出ることが出来た」

「あの大ガヴィーはあの地下湖の主とも呼ばれているやつだが、日頃はいたっておとなしく、いつも湖底にひそんでじっとしているのだ。たまに上が騒がしいと出てくるが、あれはあまりに巨大すぎて、ガヴィーよけの没薬があまり役にたたない。そのかわりに、めったなことでは浮上してこないのだが、やはり何か気配を感じたのだろうか。――あれがいるので、ある意味、地下水路から本当にひとりで脱出するのは不可能であると同時に、地下水路はオロイ湖側からの侵入にも守られている、といってもいいのだがね。――だが、まあいずれおいおいに僕も地下水路についても、タイス伯爵の権限をもつようになったからには、整備したり、もうちょっと、有効に活用することを考えなくてはならぬと思っている。タイスも、これから先、どんどんかわってゆくと思うよ」

「ああ」

「むろん地下水路だけではなくね。――ずっと一人で考えていて、もしかして、結局このことは、神のおぼしめしだったのかもしれぬと思うようにもなってきた。――何の神だか、知れたものではないが。だが悪い神だとも思えない。――その、《このこと》というのは、僕がタイス伯爵にされてしまった、というだけではなく、ケイロニアの豹頭王グインに出会い、そしてグインの脱出を手伝い――そうしてついに、長年の悲願であった、タイ・ソン伯爵の告発に成功した、ということも含めてだが。……しかし、その後、やはり彼は僕の父であることは間違いないのかな、とも考えて、心は揺れている。まあ、おそらく、タリク大公がいかに興奮したとて、結局のところ《ローラ》は大道芸人の衣装係にすぎぬし、僕の母の殺害はずいぶんと昔のことだ。それでタイ・ソン伯爵が死罪にされる、というようなことにはなるまいし、またなったらタイスのひとびとが黙っているまいと思う。――ああみえて、タイ・ソン伯爵というのは、結局それなりにタイスでは人望がないわけではなかったんだよ。あの困った我儘な娘たちも含めて、結局、かれらは、タイスの象徴なのだからな」

「ああ。それはわかるような気がするな」

「タイスそのものが、我儘で身勝手で、だがそれなりに朗らかで享楽的な、魅力的な快楽都市なのだ。それがタイスで――そのタイスを、あまりにも堅実な、かたぎでおもしろみのないあたりまえの幾千でもある都市と同じにしてしまうことは、おそらくクムの国民は誰ひとりとして望んではいるまい。僕もまた、望まない。たとえ地下水路で生まれ育ったとはいえ、僕もまた、タイスの人間だし、タイス伯爵家の血をひいている、ということなのかもしれないがね」

「ああ」

「だから、いずれは僕が、父——まだそう呼ぶのはいささか複雑なものがあるが、父を隠居させて順当にタイス伯爵をついだ、というかたちで、近隣諸国へはお披露目をすることになるだろうと、さっきエン・シアン宰相が云っていた。タイ・ソン伯爵には、前伯爵としてしかるべき手当をつけて、軟禁状態かもしれないがそれなりに楽しい余生が送れるよう、オロイ湖のなかのどこかの島にでも、あるいはタイスの郊外にでも、離宮をもうけてそこにすまわせてやってはどうだ、というようなこともね。——エン・シアン宰相と僕はかなり意気投合したので、僕はたぶんタイス伯爵を引き受けて、この快楽都市を、なるべく魅力や観光資源としての異形な部分はそのままで、しかしもうちょっと理性的な近代都市である部分も整備してゆくことになるだろう。だが、むろん水神祭りだの、水神祭り闘技会、それにロイチョイの頽廃だのはこのタイスの大きな魅力なのだ。それをかえるつもりはまったく僕にはないよ。僕もまた、そのタイスをこそ、愛しているのだからな」

「ああ。それもわかる」

「そうして、また、僕はタイス伯爵を正式に襲名してもかわらず闘技大会に出場するつもりだ。タイス伯爵にして、レイピア部門の大闘王、ということになれば、それはますます、タイスのひとつの売り物にでもなるのではないだろうか？　不世出の永世大闘王ガンダル、という、クムの伝説がひとつ、おぬしのおかげでついえてしまった以上、タイスには——いや、クムには、いまあらためて、新たな伝説が誕生する必要がある。ならば、この僕がそれを踏襲してやろうというのだ」

「ああ」

「だがあまりに長いこと僕はあなたがたの船出をひきとめてしまったようだ。あなたと出会えたことは僕にとって大きな出来事だった、グイン。生涯でもっとも大きな、とさえいってもいい。また、こんどは、お忍びであれ表門からであれ、タイスにきてくれることがあれば、そのときにはぜひとも久闊を叙してあなたと一晩語り明かしたい。語るのは一方的に僕のほうばかり、ということになってしまうかもしれないがね」

「ああ。ヤーンのみめぐみがあれば。いつなりと、そうさせてもらおう」

「では、すまなかったな、ひきとめて。そろそろ、東の空の彼方がかすかに白んできた。きっとドーカスも、船頭たちも気が気ではないだろう。すまなかった。ではいってくれ。元気で」

「有難う。おぬしも、幸運を」

「ああ、大丈夫だよ。僕はもう一生分の不運は生まれてから十数年のあいだに、この地下水路のなかで使いはたしたからね。だが、いつか、この僕のふるさとである地下水路そのものも、タイスの素晴しい観光資源として、ひとびとに見せて驚かせ、充分にもとをとってやるつもりだ。僕とてもやはりタイスの人間なのだなと思うよ。では、さらばだ、豹頭王グイン」

「ああ。タイス伯爵マーロール。また会おう」

「また、いつか」

マーロールがさっとマントをひるがえすと、もう、その白いすがたは夜のとばりの黒に包まれてしまった。

そのまま、マーロールをのせたグーバは、グインたちをのせた船を見送ることもなく、湖水を矢のように走ってゆく。そして、グインたちをのせた船もまた、ゆっくりとオロイ湖にすべりだした。

栈橋の上で、こんどこそ本当にさいごとばかり、ドーカスがちぎれるように手をふる。そのとなりで、リギアが、これはほどもなく再会するつもりだからだろう、手をふることもなく立っている。

その二人のすがたに見送られて、中型船は、まだ暗いオロイ湖の湖上をゆるゆると、南西にむかってすすみはじめた。

まだ、風がそれほど出てこない。帆は張られているが、帆はどれもだらりと下がっている。二人の船頭たちが、船尾でたくみにあやつる棹によって、オロイ湖の波にのせられ、そしてあとは、この広大な湖の潮流にのって、しだいに船は速度をあげてきた。これだけ広大であると、湖といえども潮流があるものであるらしい。

まだあたりは暗かった。かすかに、マーロールのいうとおり、はるかな東のかたに、ほんの少し白んできた気配がひそんでいるくらいで、満天の星はまだきらきらと輝きながらその光を湖水にうつしている。

グインは、ゆっくりと手すりを慎重につかみながら、船室に降りていった。もう、すでに、連れのものたちは、それぞれに船室のなかに座をしめて、落ち着いていた。船室の窓ぎわにブランが座り、剣をかたわらにおいたまま、熱心に外のようすを眺めている。本当は、船室の外に出て、甲板でタイスに名残を惜しみたいのだろう。だが、また船上の人となって、もともとがヴァラキアの船乗りであるブランはいちだんと落ち着きを取り戻したようすだ。

「陛下、お怪我の具合は如何でいらっしゃいますか？」

心配そうに、おりてきたグインを見上げてブランが聞いた。

「海風にあたって、冷えてしまうといけません——ああ、海風ではないんだった。潮風ではありませんが、でもそれにしても朝方は水の上は冷え込むでしょう」

「有難う。この革マントのおかげで大丈夫だ。それに、ヴァレリウスどのの霊薬のおかげでな」

「この薬はたいへんよくききますが、その分、かなりききめが強烈でからだには負担がかかります」

これは窓の外の流れ去る景色になど何の関心もなさそうに、船室のなかほどにうずくまっていたヴァレリウスが、ゆっくりとグインを見上げた。

「あまり何回も続けてはお使いになることはおすすめできませんし、それに、いかにもとが頑健でおありになるといったところで、今度陛下の受けられた傷は本当は相当に深く重いものですので、それこそ魔法のように、一瞬でなおる、というようなわけには参りません。——ただ、魔道では、人間そのもののもっているエネルギーを使ってからだを活性化させ、それによって傷の回復を早くいたしますので、もともときわめて体力がおありの陛下のようなかただと、魔道によって、薬のききもきわめてよろしくなります」

「ああ」

「しかし、本当をいえば、その薬をお用いになって、その上でゆっくりお休みになっておられれば、それこそ数日で陛下なら相当快復もなさいましょうが、その前にかなり無理に無理をかさねておられて、もともとさしもの陛下の体力も相当にいたでを受けておいでです。——船上ではとりあえずなるべくゆっくりおやすみになり、私も続けてお手当いたしますので、回復につとめられるとよろしいと思いますが——」

ヴァレリウスはちょっと心配そうな顔をした。

「このあとまもなく、薬の最初のききめがきれると思います。この薬も麻薬と同じで最初の一回がとてつもなくききます。しかしそのあと、いたみも戻ってくると思いますし、そのあとおやすみになっているのではなくこうして活躍されていた分、急速に力つきてこられると思いますから、まずはオロイ湖を渡りおえるまで、ゆっくりおやすみになることです。それから、パロについたらまた当分ご静養なさって、少しづつ左腕の機能を回復されること、それまでは当分左腕はお使いになってはなりませんよ。そうでなくても、あの鉄格子をあけられたので、相当、怪我をした左腕でまた無理をなさってしまわれましたからね」

「ああ。わかった、すべておぬしのいうとおりにしよう。なんでかわからぬが、おぬしは信用できる人間だということを昔、俺はよく知っていた、という気がするのだ」

グインは不思議そうに云った。

「どうしてそのような気がするのかわからぬな。おぬしとは、かつては非常に因縁が深かったのか？　俺は」

「それについても、いろいろと――パロにつくまでのあいだにわたくしから御説明申し上げましょう。そもそも、陛下が、行方不明におなりになり、そして記憶を喪失なさったのも、わたくしの祖国パロを救ってくださるためで、陛下はパロのクリスタル・パレスから失踪されたのですから、わたくしには、陛下をお守りし、そして本当はケイロニアに無事におかえしする最大の義務があるのです。――それで、わたくしはパロ宰相ではございますがいったんケイロニア軍とともに、陛下の捜索隊に加わっていたのです」

「なるほど」

「しかし、いまは、あまりお話せぬほうがよろしゅうございましょう。ともかく陛下は、いまは薬のききめでそうとはお感じになっておられぬかと存じますが、本当はかなり弱っておられるのですよ。横におなりになって、楽なようにあたたかくなさり、しばらく休まれたほうがよろしゅうございます」

ヴァレリウスがてきぱきと云って、船室の隅に作りつけてあった木のベンチの上に、おのれのマントや、またその船室の隅においてあった毛布などを使って即席の寝床を作るのを、ほかのものたちはじっと驚異の目で見つめていた。

ヴァレリウスはそうして寝床を作ると、そこにグインを寝かせた。

「船がムランにつくまでには、まだしばらくございます。しばし、おやすみになったほうがよろしゅうございますよ。何か、お眠りになれる薬をさしあげましょうか？」

「いやいい。このままでも、すぐに眠ってしまいそうだ。——何から何まで、すまぬな、ヴァレリウスどの」

「なんの、このご苦難のすべてが、結局はわれらのパロを救って下さったための結果だったのですから。ご恩返しにはまだ程遠いというもので」

「パロを救った。そのようなことはまったく記憶にない」

苦笑して、グインは云った。

「それでも、すべての記憶を失いながらも、俺はなぜか、《パロ》ということば、そして《リンダ》ということばだけをまざまざと覚えていた。それゆえ、俺は記憶を取り戻す手掛りを求めて、そのパロへゆき、そのリンダ女王に会ってみたいと思ったしだいだったのだ。――パロにゆけば何かを思い出せるかどうかは俺にはわからぬ。だが、少なくともこの記憶を失ったままの状態で、ケイロニアに戻ることは出来ぬ。……それではあまりにも、ケイロニアのものたちに対しても心配をかけようし、また俺も、何が真実で何が嘘かもわからぬまま、ケイロニア王の座に復帰することなど、出来るものではない。――少なくとも記憶の一環なりともパロで、リンダ女王に会って取り戻して、それからのちにケイロニアに戻ろうと、俺はそのように考えてパロを目指していたのだが」

「わかります。そのお手伝いも、極力させていただきたいと存じます」

ヴァレリウスは深くうなづいた。

「すでにわたくしは、国境地帯のユラ山脈で、あわや陛下に追いつくところでした。――が、私の師匠筋でもある魔道師イェライシャのおかげでさまたげられ、そのかわりに、陛下と同行されていたアルゴスの黒太子スカールどのをお救いすることになりました」

「スカールどのだと。スカールどのは息災なのか。俺が別れたおりにはだいぶん弱っておられたようだったが」

「その後、イェライシャが看病してさしあげることになりましたので、いまはイェライシャ導師のもとにいられましょう。だいぶん、ご病気もよくなられたのではないかと推察しておりますが」

「ならば、それをリギアに教えてやればよかったかな」

グインは云った。

「あの女騎士とは、このフロリーとも出会った湖畔の小さな村で出会ったのだ。彼女はスカール太子を探していると俺に云った。そして、俺がスカール太子の手がかりを告げてやったので、それを恩義に思い、ともかくパロまで送ってくれ、そののちにスカール太子を探しにまたユラ山地のほうへ戻るつもりだと思う」

「はあ」

ヴァレリウスは多少複雑な笑みを浮かべたが、むろん、ヴァレリウスのその複雑な微笑の理由など、記憶を失っていなかったとしても、グインには知るすべもなかっただろう。

「さようでございますね。リギア聖騎士伯は、わがパロのいうなれば名物女的な存在でございまして、スカール太子との仲と申しますのも、パロではすでに有名でございます。ここにおられるマリウスさまと、そして亡くなりましたわたくしのあるじ、神聖パロ王アルド・ナリスさまの乳きょうだいでおられまして、聖騎士侯ルナンどのの息女でございました。——なかなか奔放に行動されるかたで、何回もパロを出奔されておられるのですが、今度もパロへはお戻りにならないおつもりなのでしょうかね。——なんにせよ、わたくしにとっては、まことに思いがけないことで、リギアさまの消息も知れましたので、リンダ陛下もご安心なさいますでしょうし、といって、リギアさまがお戻りになるつもりがないなら、それはそれで、と思うのでもございますが」

「何だかよくわからぬが……少し、確かにからだが参ってきたようだな、薬のききめというのが、切れてきたのかもしれん」

「窓をしめて、あかりを消して、少しおやすみになりましては」

「ああ。だがまだいま少しのあいだだけ、窓はしめないでおいてくれるか」

グインは云った。

「ここに寝ていると、窓からタイスの町が小さく見える。——今少しのあいだ、タイスに別れを惜しんでいたい。おそらく、ブランも、マリウスもそうだろうと思うのだ。フロリーとスーティはともかくとしてな」

「………」

ブランは頭をうなづかせたが、マリウスのほうは、さきほどから——いや、マーロールに救出されて、地下水路に降りてきてから、まるでこの広大な地下水路の神秘に圧倒されてしまった、とでもいうように物思いに沈んだまま、珍しくも——まさにこれはマリウスにとっては画期的なことだったに違いないが——ひとことも口を開いていなかった。

この船に乗り込んでからも、片隅の木のベンチにマントにくるまったまま座って、じっとうつむいておのれひとりの何か深い物思いに沈みきっているように見えたのだ。そのさまはいつものマリウスとはあまりにも似ても似つかぬものにさえみえたが、それも当然だったかもしれなかった。マリウスは、短時間とはいえ、このタイスの地で、一行のほかのものとは比べ物にならぬほどに濃い体験をもったようなものであったからだ。

かりそめのものであったとはいえ、タイ・ソン伯爵の愛人として囲いこまれ、そしてマイヨーナの神殿で、宴の席でふんだんに歌い、喝采をうけ、マイヨーナの栄冠をさえ受けた。むろんそのようにたたえられ喝采を受けるのはマリウスには日常茶飯事であったとはいいながら、それは、おのれの歌ひとつ、キタラひとつでおのれがいわば《天下をとった》記憶として、マリウスにも、ずいぶんと心に残っていたのに違いない。

マリウスは、いまとなってはとんでもなく遠い昔のように思われる、コングラス城で城主ドルリアン・カーディシュに貰った、きわめて気に入った素晴しいキタラを、タイスにおいてきてしまっていた。闘技場でおのれの愛人を告発し、そのまま地下牢へ監禁されてしまったのだから、そのようなもののゆくえを誰ひとり気に留めてはいなかったのだ。そのことも、マリウスの胸に深い影を落としていたに違いないし、また、何にもまして、マリウスの胸をしめつけていたのは、このヴァレリウスの登場によって、おのれが、もう、パロに戻るまで、逃亡するわけにはゆかなくなってしまった、ということであったに違いなかった。

マリウスは、どちらにせよ、グインをパロに送り届けたら、リギアがスカール太子の行方をもとめてたもとをわかつのと時を同じくして、この一行と別れ、また風のむくまま気の向くままに、どこかに逃げ出していってしまおうというひそかな決意をいだいていたのだ。いま、マリウスがパロに戻れば、それは、否応なしに、リンダ女王のただひとりの肉親として、パロの王太子に立太子されることをやむなくされてしまうことを意味した。それはいずれ、マリウスがパロの国王をつぐ、ということをも意味しよう。マリウスは、だが、それだけはなんとしてもイヤだったのだ。マリウスが、船のなかにうずくまったまま、ひとことも口を開かなかったのには、そのようなさまざまな、あまりにも思いにあまる苦しみをかかえて、放つことばもなかった、という理由も確かにあったのだった。

4

中型船は、だが、順調にタイスの町をはなれていた。

しだいに風が出てきて、垂れ下がっていた帆がぴんと張り始めていた。船頭たちはタイスで生まれ育ったドーカスが信頼して選ぶほどある手だれたちで、オロイ湖について知り尽くしており、いつごろどのような風が吹いてくるか、それに対してどう帆をはり、どう棹をあやつって速度をあげるのかもよくよくわきまえていた。船は、タイス港を巡回する警備艇に呼び止められ、みとがめられることもなく、すいすいと小さな鳥のように水上をかけっていた。

ゆっくりと――本当にゆっくりと、水神祭りの後夜祭の長い夜は明けてゆきつつあったが、もう、グインたちの船は順調に、水神エイサーヌーがいまはタイスに出張していて不在とされている、エイサーヌーの島、「ヘビヘビ島」のかたわらをぬけようとしていた。そこを抜ければ、もう、そこはタイス圏から出る。そして、海のように広大な、中原一の大湖オロイ湖の中心部へと出てゆくのだ。

タイスは、かれらのうしろで、どんどん小さくなっていった。ブランはたまりかねたように、甲板に出てゆき、しだいに強くなっていく風に吹かれながら、名残をおしむようにずっと小さくなってゆくタイスを見やっていた。ブランには、マリウスのような複雑な物思いもなく、グインほどには、マーロールやドーカスへの思いもなかったけれども、それでも、このタイス滞在はブランにもきわめて強烈な印象を残していたのだ。

タイスはここから、船の上からみると、町全体が小さな丘を形成しているように見えた。家々の屋根がつらなる低い山の頂上にあるのがむろん紅鶴城だ。そのシルエットは少しづつ明るくなってゆく空を背景に、くっきりと山のいただきに浮かんで、まだよく見えていた。

まだ、町は闇の底にある。この湖水に出てきたからこそ、かなり東の空も白んではきて、あたりは薄明るくなってきているけれども、町のほうはまだまだ暗いだろう。ことに、後夜祭ももう終わりに近くなり、たった一夜だけの恋や快楽やらんちき騒ぎにいのちをもやしつくしたタイスのひとびとは、さすがに疲れはてて、そろそろぐったりと眠りについてしまっているのだろう。

町には、ほとんどあかりもなく、ただ、何ヶ所かちらちらとしているだけだった。到着したときには、それはほとんど、絢爛な星々をちりばめたように感じられる、地上の不夜城であったのだ。むろん、明日からといわず、今夜からはもう、タイスはその不夜城のすがたを取り戻すのだろう。だが、いまは、タイスは、闇のなかに——一年にただ一度だけ沈む深い闇のなかに沈んでいる。だが闇のなかで眠っているわけではない。タイスは、むしろ、この一夜こそ、最大の快楽をきわめる一夜として、それにいのちをかけるひとびとも多くいるのだ。

(なんて、ふしぎな都市だろう……)

ブランは思わず、ひとりごちた。

マリウスは、そのタイスに名残を惜しむことをいとうたかのように、あえてこの甲板にあがってこようともしない。フロリーとスーティはおとなしく船室に座っていたが、スーティはさすがに幼いこととて、うちつづくこの冒険にすっかり疲れはてていたのだろう。また、愛する《グインおいちゃん》とひさかたぶりにめぐりあえたことで、すっかりほっとして気がゆるんでしまったのだろう。母の胸に抱きしめられたまま、ぐっすりと寝込んでしまっていた。

フロリーもさすがに疲れたように、うとうととしていたはずだったが、やがて、ひとがのぼってくる気配をきいて、ブランがふりむくと、それはどうやらスーティを寝かしつけたらしい、フロリーの小柄なすがただった。

「ああ、フロリーどの」

「タイスに——名残を惜しもうと思って」

フロリーはちょっとはにかんだ微笑を浮かべる。そのはにかんだ初々しい微笑にも、生真面目で誠実な表情にも、どこにも、このしばらく経なくてはならなかった大きな試練のいたでの影をうかがうことは出来なかった。

「といって……この頽廃した都に、ミロク教徒のわたくしが、そんなに惜しむ名残があるというわけではないんですけれども……でも、なんだか――いまとなっては、妙に、この町が懐かしくて」

「わかりますよ。やはり、とても――なんというか、とてもその、強烈な印象のある町でしたものね」

「ええ――」

そっと、フロリーは、ふなべりをつかみ、湖水をわたる風に髪の毛をなぶらせている。その横顔にどことなく、物思わしげな色があるのをブランは見た。

(もしかして、けっこう――タリク大公に求愛されたわけだし、それなりに、タリクのことは憎からず思っていたりでもしたのかな……)

思わずかんぐるブランの考えとはうらはらに、フロリーのほうは、まったく違うことを考えていたのだった。

「こうして見ているとなんともいえない思いになりますわ……」

フロリーはつぶやいた。

「え」

「タイスです。――ずっとああして、歓楽と堕落と頽廃のうちにみんな生活し、生きて――そうして、あの地下の水牢で大勢のかたがいのちをおとしたり、闘技場で血を流したり……そうやって生きてきたのですわね。ミロク教徒のわたくしからは、想像もつかないことばかりでした。ロイチョイの廓、と申しますのも、ヌルルだの、サールだの、という神様のことも、それから……闘技場でひとびとが戦うのを、たたかって血を流したり死んだりするのを、お金をかけたり、喝采しながら見ているひとたちがいて――しかも遠くからそれを観光にまでやってくる、というのも」

「そうですなあ……」

そうとしか、ブランには云いようもなかった。生粋の戦士のブランにとっては、それははけっこう血のたぎる体験だったからである。

「どうして、あんなおそろしいことをするのでしょう。――生きのびるためのたたかいならばしかたもないけれども、面白半分だの――快楽のためやお金のために、たたかったり殺し合ったりするなんて。わたくしには想像もつきませんでした。――わたくし、ここからちょっとだけでも、タイスのひとびとに……ミロクさまのお力がとどくように、タイスのひとびとが、ミロクさまの平安と平和と貞潔をちょっとでも理解して、それを求めるようになられるよう、お祈りをしようと思います」

「……」

　ブランはちょっと苦笑した。そして、じっとタイスの方面にむかって両手をあわせてミロクの祈りをつぶやいたフロリーが、ちょっと一礼して、船室に降りてゆくのを見送って、また小さくなってゆくタイスのほうへと目をもどした。

（俺は——俺は嫌いじゃないけどな……）

　フロリーには、そうは云えなかったものの、ブランはフロリーが降りてゆくとちょっとまた笑ってひとりつぶやいた。

（俺はむしろ好きだったたな。——タイスの、しょうもない頽廃も、不道徳も、残酷も——好戦的なのも。——人生が四つくらいあったら、そのうちのひとつくらいでは、タイスで闘技士をやって、女を抱いて、ちやほやされて、たたかって、大酒をくらって、そうして闘技場で死んでゆくような人生もよかったと思うけどな。——もうひとつは、一生ヴァラキアで船乗りをしていたかった……でも何回人生があっても、結局、俺はカメロンおやじに出会い、そうして……）

（ただ悔やまれるのは——二つだけでいい、人生がもうひとつあったら——ひとつはおやじさんに忠誠に——もうひとつは、グイン陛下のために剣を捧げて……）

　タイスは、もう、はるかに小さくなっている。

　もう、すでに紅鶴城を見分けることも出来ない。ただ、そのあたりに小さな屋根屋根や尖塔がそびえていることだけが、かすかに見分けられる――だいぶん、空が白んできたので、それを背景に、黒い、小さな影絵のように、タイスの町並みが浮かんでいるのだ。

タイスの町は、今日もおまつりさわぎなのだ、とブランは思った。

（あの町は、いつも、お祭り騒ぎなんだ――水神祭りのときだけじゃない。あの町では――一年じゅう、祭りでないときでも、まるでどこかしらで祭りをやってるみたいだ。……そうして、そこで生まれて、生きて、死んでゆくものたちも、それが当然と、疑ったこともないままに、毎日毎日、快楽と欲望と、楽しみと――放埒な時のながれに身をゆだね……）

（わからないことはない。俺はヴァラキアの人間だ――だがまた、俺には、そうやって一生面白可笑しく歓楽をきわめてだけ送る人生は想像もできない。俺は、ヴァラキアの人間なんだ……）

突然、ひどく、カメロンに会いたい、とブランは思った。

（おやじさん。――俺はどうしたらいいのかな。――本当に、俺はもう、スーティ殿下を奪って……グイン陛下やフロリーさんを悲しませたり……陛下に斬り殺されるのは本望かもしれないが、それをスー坊に見せてしまったりするのは、とてもとても辛いですよ……）

（参ったな。――こんなしんどい、つらい任務になるとは、想像もしてなかったな。――といって、このままイシュタールに戻ってしまったら、おやじさんはさぞかし、俺をバカだと怒るだろうしな……）

湖をわたる風に吹き晴らされるように、ゆっくりと、オロイ湖は明けてゆこうとしている。

もう、すでに暗闇はオロイ湖を支配する最大の勢力ではなくなっていた。少しづつ、東のほうから、輝かしいきららかな光が、下から雲を輝かせはじめている。いずれ素晴しいオロイ湖の日の出が見られるだろう。

だが、さいわいにして、まだ、タイスは、この脱走者たちの一艘に気付くことはないようだ。というよりも、タイスはまだ後夜祭の夢のなかに漂っているのだろう。まさしく、グインたちがタイスを脱走できるとしたら、この一夜をおいてはありはしなかったのだ。

船はオロイ湖のまんなかあたりに出て、もう「ヘビヘビ島」をも通り過ぎていた。中央に出てくるにつれてしだいに風が強くなり、船はびゅんびゅんと帆に風をはらんで、速度をあげはじめ、すごい勢いで進んでいる。さすがに風が冷たくなってきて、ブランはゆっくりと物思いをかかえたまま船室におりていった。

船室はもう窓をとざし、窓の内側からカーテンをしめまわして、薄暗くなっていた。

外が明けてゆくのとうらはらに、その室のなかは暮れてしまったかのようだ。

その薄明のなかで、グインは木のベンチの上の即席のベッドの上で、マントにくるまってどうやら深いねむりに落ちているようだった。だが、その眠りが、最初に地下水路におりてきたときのあの危険な眠りと同じものではないことは、その、やすらかな寝息からも明らかだ。

そして、スーティはその足元のあたりにやはり毛布をしいてもらってころりと小さなからだをよこたえてこれはぐっすりと眠りこけており、フロリーはそのスーティにおおいかぶさるようにして、やはりもう眠ってしまっていた。フロリーも相当に緊張していたこととて、疲れたのだろう。

マリウスはうずくまったまま、黒いマントに身をつつみ、目をとじていたけれども、眠っているのではない証拠に、ときおり、目をひらいてぼんやりとあたりを眺め、その唇がかすかに何か歌を口ずさむかのように動いていた。そのおもては、何か深い物思いと鬱屈とをかかえこんで、いつになく憂わしげに沈んでいた。

ブランは反対側の隅にマントをしいて、剣を抱いてすわりこみ、自分もちょっと眠りをとろうとしながら、さらに目をあそばせた。部屋のもうひとつの隅、マリウスのいる側のへさき側の隅に、ヴァレリウスがうずくまっている。これはフードにすっかり頭をつつみこみ、うずくまってうなだれているので顔が見えなくなり、まるで黒い荷物のかたまりみたいに見えた。

（魔道師か……）

ヴァラキアには、あまり、魔道に親しむ習慣がない。

新興のゴーラも、そのヴァラキア出身のイシュトヴァーン王と、カメロン宰相とがおさめているがゆえに、おかかえ魔道師に万事をうらなわせたりすることはまったくない。

むろん、ブランは、パロの名高い魔道師宰相のことは知っていたが、実際に見た魔道師宰相ヴァレリウスは、ブランのイメージしていたのとはずいぶんと違っていた。

（けっこう、貧相な男なんだな、いっては悪いけれども……）

（だが、あっという間に、ずいぶんといろんな手妻を見せてくれた――手妻といったら怒られてしまうのかもしれないけれども、陛下の傷をなおしたり、マントをかわかしたり――なんだか、だが、どうもえたいが知れなくていけないな。むろん悪い人間ではないんだろうが、どうも――同じ人間、という感じがしないので、困ってしまう）

同じ人間には違いないが、同じ人間が、空中に舞い上がって飛んでいったり、手から突然に何かを空中から取り出したりするものだろうか。そう思うと、どうも何かとまゆつばな気持になってしまう。

（このあと、どうしたものだろうな……おやじさん、俺はどうしたらいいんですかね……）

ブランは、うずくまって、目をとじた。

（まあ、いいや……なるようにしかならないんだから……）

ブランもまた、マントにくるまったまま、やがてすこやかな眠りにおちた。もとより、本当ならば眠っているはずの夜を徹して、タイスから脱出するべく、力をつくしていたのだ。誰もが疲れきっている――ヴァレリウスは別としてだろうが。

船室にひそやかな沈黙がおちた。そのあいだにも、船は、すいすいと広大なオロイ湖を、孤独な鳥のようにすべってどんどんオロイ湖のまんなかへと出てゆくのだった。

もう、うしろに、タイスは見えぬ。それどころか、向こう岸も、反対側の、ルーアン側の岸もなにも見えなくなっている。それほどにオロイ湖は――《中原の海》は広大だ。船なしでは、そこを横切ることはまったく出来ぬ。

その広大なオロイ湖は、いままさに輝かしい夜明けを迎えつつあった。またあらたな一日がはじまる――タイスは、その手中から、まんまとすりぬけていったものたちのいることをいまだ知らぬ。

今日は水神祭り後夜祭の翌日――祭りにはつきもののいささかあたじけない「お片づけ」の日になるのだろう。そして、タリク大公の一行はあわただしくルーアンめざして帰途につくはずであった。

だが、もう、それは、タイスをあとにした一行にとっては、何もかかわりのないことになりつつある。タリク大公が悲恋の思い出を胸にルーアンに戻ろうと、水神エイサーヌーとカエル女神ラングートがヘビヘビ島に戻ってゆこうと、そしてタイス伯爵がタイ・ソンからマーロールへとかわろうと——タイスもあまり気にもとめずに陽気で頽廃的な日々の暮らしをいとなんでゆくだけだろうが、グイン一行もまた、すでにタイス圏から抜け出し、本来のかれらだけの運命へと戻ってゆこうとしている。おそらく、タイスの民だけが、わずか一回の水神祭りに、「ガンダルを倒す」という、誰もかつてなしとげたことのない偉業をはたし、そのかわりにおのれのいのちをおとしてしまった、若きグンドというまぼろしの大闘王のことをいつまでも語り継いでゆくことになるのだろう。そういえば、誰もが、本当のグンドの顔、魔道師に豹頭にかえられてしまった以前の、本当のグンドの顔を知らなかったのだ、という思いを抱きつつ。

豹頭王グイン一行をのせた船は、予定どおりに——ということは、まる一日と半分ほどして、ということであったが、オロイ湖の南端へリムと南西端ガナールのちょうどまんなかくらいに、深い森のなかにひっそりと位置している小さな村ムランの、しかも村はずれの桟橋についた。もっとも、ここがいかにひっそりとした村だからといって、逆にひっそりとしていればこそ、思いがけぬ船の到着と、さらに思いがけぬ豹頭の異人の上陸が大評判をよび、それがはるかタイスやルーアンにただちに伝わらぬものでもなかった――オロイ湖周辺では、すべての情報もまた、もろもろの産物と同じく船で運ばれて湖上をかけめぐるのだ――ので、かれらは、はやる胸をおさえて、数ザンほど、森かげの村からは見えぬあたりにひっそりともやい、闇がおちるのを待った。

そして、夜が訪れると、夜にまぎれて、ひそかにムランに上陸するためはしけを出した。ドーカスの子飼いの二人の船頭が別れを惜しむなかで、グインたちはオロイ湖の対岸に無事に上陸したのであった。

ヴァレリウスが合図を送って探し出してきたので、ほどもなく、かれらは、愛馬マリンカに乗って満面に得意と満足をたぎらせているリギアと再会をはたすことになった。リギアは、マーロールに頼んで首尾よくマリンカを取り戻し、そしてずっと湖畔をマリンカを走らせて陸路ムランをめざしてきたのだ。マリンカも元気いっぱいであったし、リギアのほうは、愛するマリンカを取り戻したので、それこそ意気は天を衝いていた。

グインは船の上でずっと死んだように眠りつづけていた――何も予想外の追手もかからなかったし、何も湖上警備艇にとがめられるようなことも起きなかったので、船の旅はごくごく平穏無事であった。そのあいまに、ヴァレリウスがときたまくすりをとりかえ、体力をとりもどすための魔道薬を飲ませてやったのがよほどグインのからだには強烈に作用したらしく、目をさまして、ムランで上陸することになったとき、グインは驚いたように云った。

「これはすごい。ヴァレリウス、おぬしはたいへんな名医だな。もうほとんどいたみも感じぬし、それに、腕もなんとなく、もうもとどおりになったような気がするぞ」

「陛下の回復力はたいへんなものでございますけれどもね」

ヴァレリウスは笑いながら云った。

「しかし、まだご安心なさいますな。――これはもう、くすりでかりそめに押さえているということではございませんで、陛下の体力と回復力で六割がた、戻ってこられたのだと思いますが、しかし何を申すにも普通の人間ならいのちをおとしていても何のふしぎもないほどの深傷をおわれたのでございますからね。――まだ当分、あまり御無理をなさいませんように、それに左腕については、少しづつ動かして、だんだんに機能を回復してこられるまでは、まだしっかりおさえたまま動かされぬほうがよろしゅうございますよ」

「おぬしのすすめにはなんでも従うことにしよう。なにしろ、おぬしのおかげで、どうやら俺は死のあぎとから引き戻して貰ったようだからな」

「いや、これもすべて陛下御本人のおどろくべき体力と回復力のたまものだということは疑いをいれませんよ」

ヴァレリウスはムランの森のなかに上陸して、ただちにパロを目指したい意向であったが、幼いスーティと、足弱のフロリーがいることを考え、部下の魔道師に命じて、馬車を用意させるだんどりを考えていた。あとは問題はクムの国境をこえるだけであった。もっともそれも、ヴァレリウスがいるからにはさしたる問題ではなかった。

「今夜、突破しようかとも考えてみましたが、幼いかたがおいでになりますので、今夜はムランのこの森で夜明かしをしていただければ、そのあいだに、わたくしは部下に命じて、ちゃんと国境の町ネームでクム国境を正式の手形を使って出るだんどりをいたします。何を申すにもわたくしはパロ宰相でございますからね、わたくしが作ればそれは偽造手形でもなんでもございませんから。――そして、陛下のことは、国境をこえるその瞬間だけ、わたくしの魔道で人目をごまかしてしまうことにいたしましょう。普通のお顔の大男だ、と国境の税関吏に思わせてしまうということで」

「そんなこともできるのか。驚いたな」

「長時間は出来ませんが、一瞬ならば、その場にいるものたちすべてに共通の幻覚をおこさせればよろしいので。――そして、そのあとはでは、馬車で、ランズベール川にそってサラエムに参り、そうしてそのあとまっすぐ街道を使ってクリスタルへ参りましょう。もう、クム国境をこえたのちは、何ひとつ御心配はございません。サラエムまで、パロ騎士団のお出迎えをさせるのがおいやでございましたら……」

「そのような大袈裟なことは、出来れば避けたいものだが……」

「さようでございますか。では、ごく少数の精鋭にだけお迎えにこさせ、それもでは、サラエムではなくもうちょっと先に待たせましょう。でも、陛下は、そのままクリスタルに入られることはご異存はないのでおられましょうね」

「それはむろん」

グインは深くうなづいた。

「俺は、それを目当てにここまで長い旅を続けてきたのだ。——本当はタイスを脱出してからも、さらに長い長い試練の旅が続くものだとばかり思っていた。おぬしのおかげで思いがけなく、旅のおわりにいたって楽をさせてもらうことになったがな」

「マリウスさま。——あるいは、失礼ながら、アル・ディーン殿下とあえて呼ばせていただきますが。それに、リギア聖騎士伯閣下」

ヴァレリウスは、するどい灰色の目を、二人の放浪好きの逃亡者に向けた。

「おふたかたも、リンダ女王陛下に、かくかくしかじかで、ディーン殿下とリギア聖騎士伯が、クリスタルにお入りになる予定である、と申し上げてよろしゅうございますね」

マリウスのおもては、蒼白になった。

やはりマリウスはそのことについてどうしても心を決めることが出来なかったようだった。長からぬ船の旅のあいだも、また、船旅が終わってからも、マリウスは本当にマリウスとしてはたぐいまれなことに、ひとことも口をひらいていないままだったのだ。

「ええ、仕方ないでしょう。ここまできたのですから、もう一度リンダさまに御挨拶申し上げないで去るというのも、ご無礼な話ですから」

あまり屈託のないリギアが朗らかに答える。

「そのかわり、グイン陛下をリンダ陛下におひきあわせし、そうして、皆さんが落ち着くのを見届けたら、私は約束どおりスカール殿下のご看病のために出発しますから、そのときには、スカール殿下のお行方を教えていただきたいわ。今度こそ、私はスカール殿下のおもとにうかがい、そうして、もう——おそらく、そこをはなれることはないと思うわ」

「ご随意に」

ヴァレリウスは、一瞬、あまりにも複雑な、だがもう遠いものを見るようにリギアを見つめた。その灰色の目は一瞬の追憶にけむり、そしてまた、すぐにそらされてしまったのだった。

あとがき

栗本薫です。お待たせせいたしました。「グイン・サーガ」第百十七巻、「暁の脱出」をお届けいたします。

お待たせしましたといってもこのところ、百十六、百十七、そしてこの次の百十八と、またまた「月刊グイン」が続いております。まあ「これ以上は縮めようがない」間隔ですねえ(^^;)これ以上縮めるとしたら、それこそ月刊で上下本が出る、みたいになってしまいますし、それはなあ、いかに私といえども——私だけが本を作っているわけでもなし、丹野君もいれば早川さんもあるわけですから、それはやっぱり、「月刊」が限界でしょうねえ。とはいえ、今年は外伝も含めて二度目の月刊となったので、けっこうたくさん書いたと思っていたのですが、あっという間に追いつかれてきちゃいました(^^;)もう、なんとかしていまから先を書かないと、次の百十八が出たら、もうストックは百十九の一冊だけになってしまう、というところまで珍しく、追い詰められてしまいましたねえ。ううう、やっぱり、月刊を二回やられるとけっこうしんどいですねえ

（＾＾；）いつものとおりの隔月刊だとしたら、百十九まで書いた時点で、百十七が十二月、百十八が二月、百十九が四月で、半年もの猶予があるはずだったんですが。
でもまあ、そうやって楽しみに待っていただけるうちが花、というものでありましょうし——そうして、今回は、いよいよ、ついに、ほんとに、「やっと！」という感じでタイトルどおり「暁の脱出」、さいごの第四話の章タイトルからして「さらばタイス」という——いやあ、とてもとても長かったですねえ、このタイス篇は。
正直、タイスでここまで手間取るとは、私も思ってなかった、あくまでも一応タイスは「寄り道」だったので、いやあ、時間かかったなあ、という感じですが、しかしこれで完全に、今回でタイス篇、いや、その以前から続いていた「クム篇」が終了、ということになります。小説のなかの日時では、実際には一ヶ月はかかってない、のかな？　水神祭りがぜんぶで十日でしたね。そのちょっと前にタイスにきてるわけだし、ええと十巻前の百七巻が「流れゆく雲」、その次の「パロへの長い道」でちょっとコングラス城に寄り道をして、百九巻で「豹頭王一座」が出来たんでしたね。それでクムに入って、百十巻がそのタイトルもずばり「快楽の都」だったんだから——結局は十巻近く、正確には九巻のあいだ、クム周辺でうろうろしていた、っていうことです。やっぱり、長かったですね（笑）
でもまあ、グインのゆくところ、必ず何か大きな出来事がおこって、人々の運命もいたく狂ったり変わったりしてしまう、ということになるのは相変わらずで、タイスも――また、大公がやってきてるんだしクムもまた、たぶんいろいろこの一件で変わってゆく――伯爵もこうなりましたしねえ。ってまだはっきり口に出せないのが辛いところですが。このあとがきを書いているのはまだ十月五日、実はついきのうあたりから、おもむろに百十六巻「闘鬼」のゲット報告やご感想が入り始めたところなんです。そこで百十七巻のあとがきを書いている、というのがなかなか不思議な感じがするんですが、このあとがきをのせた百十七巻が皆様のお手元にわたるころには、こんどは私は百十八巻のあとがきを書いている、ということになるのでしょうか。

それにしてもこの夏は長く暑くつらい夏でしたね。やっと終わってみてもまだなんだか残暑が続いて、とうてい夏が終わったとも思われず、いつ結局本当に夏が終わったのかもわからぬうちに、あっという間にいきなり寒くなってきて、もうなんだかいまはまだ十月のあたまだというのにひどく秋が深まってしまい、なんというか「秋はどこにいった！」状態になりながら、しかも時としてまだ妙に蒸し暑い、という――うちの庭の鉢植えもどうもこの夏にはさんざんしてやられてしまい、けっこう大事にしてたのがいくつかご臨終になってしまいましたし、どうもなかなか私のほうも体調が回復しないし、さんざんな残暑となりました。秋の心地よさを味わういとまもなく、そうしてもう世の中はあっという間に寒くなっていっちゃうのでしょうねえ。なんだか、これまで私がずっと知っていた日本とは、まるきり気候の違う国にきてしまったみたいな気分さえします。

でもまあクムも気候でいうとわりとこんな感じではあるんでしょうね。日本ほどは四季のうつりかわりがハードではなさそうで、パロと同じ感じで、冬でもけっこう室内なら肌もあらわなかっこうでいてもそれほど寒くもなさそうですが、なにせでかい湖がたくさんある地方だから、湿度は高そうだなあ。おまけに城の下、町の下一面に地下水路なんてものがあるんじゃ、そこから蒸発する水分でそれだけでもけっこう湿気、強そうですよねえ。あんまり健康によさそうなところじゃない。

でも私は湖というのがけっこう好きだものですから、クム、ことにタイス篇を書いているあいだは、ほんとにタイス観光、というかタイスに滞在している気分で楽しませてもらいました。タイスは、個人的にはやっぱり好きですねえ。またいつか戻ってみたいな、と思うところでもあります。

このところしかし、グインをめぐる状勢も——今度はこれは主人公グインという意味じゃなくて、「グイン・サーガ」をめぐる、って意味ですが、なかなかいろいろになってきまして、ついにアニメの計画も実現にむけて動きだし、また、外国語版もかなり出そろってきてそのうちに今度は中国語版、韓国語版なども動き出すようですし、本篇のマンガ化も進み続けていて、だんだんワールドワイドになってくると申しましょうか。

先日、実は横浜で「ワールドコンNippon2007」があって、そこで早川書房の肝煎りでグインについてのトークを丹野君にもゲストにおいでいただいておこなったのですが、とても印象的だったのが、トークが終わってから、サインを求める読者のかたが列を作って下さったなかに、アメリカ人なのかなあ、まだ若い外人男性がいて、その人の番になったら、「大変ファンで英語版を全部読んでいます」といっていただいたこと。英語版はわりあい苦戦しているようですが、それでも、確実にそうやって、少数のかたにでも届いているんだなあ、そうして、アメリカでも、もしかしたらイタリアやドイツやロシアでも、いまに中国や韓国でも、「豹頭の戦士グイン」についてイメージを持ったり、その物語を愛して下さるかたが出てくるのかなあ、と思ったら、なんだかとても不思議な気がしました。私はあくまでも日本語でしか書けませんし、日本語で書く作家の中でも相当に「日本的なもの」への傾倒や依拠は強いだろうと思うので、翻訳されるかたはさぞ苦労なさるかもしれませんが、でも「世界にも達しているのかな」と思うと、ますます、妥協することなく、ゆるがずたゆまずこの巨大な物語を一生かけてつむいでゆかないとなあ、と思います。

余談ながらそのワールドコンが早めに終わったので丹野君や早川の編集さんなどと一緒に繰り出したたそがれの中華街、これがなんというかとっても「タイス」な雰囲気で、「わあ、タイスだ」「ではこれからロイチョイへゆかねば」などなど騒ぎながら観光客をしてきました。本当は、私たちの暮らしている世界そのものも、どこであれ、中華街のようにエキゾチックでなくても、外国人観光客の目から見たらまったく見知らぬ世界、エキゾチックな異国なのだと思います。この、中で過ごしている人間たちにはとても平凡でありふれたものにみえる、あたりまえにみえる「日常」のなかに、はるかな旅や、見知らぬ異世界を見いだす目、それが「センス・オブ・ワンダー」なのかなあと（ワールドコンでは久々にその「センス・オブ・ワンダー」を率いた難波弘之氏のライブもちょっとだけうかがえましたが）あらためて思った一夜でもありました。

さて、いよいよタイスを待望の脱出をはたして、これからグイン一行はどうなってゆくのか、というところで、「来月」（爆）からは、「タイス後」ということになります（笑）お楽しみに。確かにそれは、月刊でないと、じれったいかもしれませんねえ（笑）なるべく頑張ります。

二〇〇七年十月五日（金）

神楽坂倶楽部URL
http://homepage2.nifty.com/kaguraclub/

天狼星通信オンラインURL
http://homepage3.nifty.com/tenro

「天狼叢書」「浪漫之友」などの同人誌通販のお知らせを含む天狼プロダクションの最新情報は「天狼星通信オンライン」でご案内しています。

情報を郵送でご希望のかたは、返送先を記入し80円切手を貼った返信用封筒を同封してお問い合せください。

（受付締切などはございません）

〒108-0014　東京都港区芝4-4-10　ハタノビルB1F
㈱天狼プロダクション「情報案内」係

日本ＳＦ大賞受賞作

上弦の月を喰べる獅子上下
夢枕　獏
ベストセラー作家が仏教の宇宙観をもとに進化と宇宙の謎を解き明かした空前絶後の物語。

戦争を演じた神々たち［全］
大原まり子
日本ＳＦ大賞受賞作とその続篇を再編成して贈る、今世紀、最も美しい創造と破壊の神話

傀《く》儡《ぐつ》后《こう》
牧野　修
ドラッグや奇病がもたらす意識と世界の変容を醜悪かつ美麗に描いたゴシックＳＦ大作。

マルドゥック・スクランブル（全３巻）
冲方　丁
自らの存在証明を賭けて、少女バロットとネズミ型万能兵器ウフコックの闘いが始まる！

象《かたど》られた力
飛　浩隆
Ｔ・チャンの論理とＧ・イーガンの衝撃――表題作ほか完全改稿の初期作を収めた傑作集

ハヤカワ文庫

星雲賞受賞作

ハイブリッド・チャイルド
大原まり子
軍を脱走し変形をくりかえしながら逃亡する宇宙戦闘用生体機械を描く幻想的ハードSF

永遠の森　博物館惑星
菅　浩江
地球衛星軌道上に浮ぶ博物館。学芸員たちが鑑定するのは、美術品に残された人々の想い

太陽の簒《さん》奪《だっ》者《しゃ》
野尻抱介
太陽をとりまくリングは人類滅亡の予兆か？星雲賞を受賞した新世紀ハードSFの金字塔

銀河帝国の弘法も筆の誤り
田中啓文
人類数千年の営為が水泡に帰すおぞましくも愉快な遠未来の日常と神話。異色作五篇収録

老ヴォールの惑星
小川一水
SFマガジン読者賞受賞の表題作、星雲賞受賞の「漂った男」など、全四篇収録の作品集

星界の紋章／森岡浩之

星界の紋章Ⅰ―帝国の王女―

銀河を支配する種族アーヴの侵略がジントの運命を変えた。新世代スペースオペラ開幕！

星界の紋章Ⅱ―ささやかな戦い―

ジントはアーヴ帝国の王女ラフィールと出会う。それは少年と王女の冒険の始まりだった

星界の紋章Ⅲ―異郷への帰還―

不時着した惑星から王女を連れて脱出を図るジント。痛快スペースオペラ、堂々の完結！

星界の紋章ハンドブック

『星界の紋章』アニメ化記念。第一話脚本など、アニメ情報満載のファン必携アイテム。

星界の紋章フィルムブック（全3巻）

アニメ『星界の紋章』、迫真のストーリーをオールカラーで完全収録。各巻に短篇収録。

星界の戦旗／森岡浩之

星界の戦旗Ⅰ―絆のかたち―

アーヴ帝国と〈人類統合体〉の激突は、宇宙規模の戦闘へ！『星界の紋章』の続篇開幕。

星界の戦旗Ⅱ―守るべきもの―

人類統合体を制圧せよ！ラフィールはジントとともに、惑星ロブナスⅡに向かったが。

星界の戦旗Ⅲ―家族の食卓―

王女ラフィールと共に、生まれ故郷の惑星マーティンへ向かったジントの驚くべき冒険！

星界の戦旗Ⅳ―軋《きし》む時空―

軍へ復帰したラフィールとジント。ふたりが乗り組む襲撃艦が目指す、次なる戦場とは？

星界の戦旗ナビゲーションブック

『紋章』から『戦旗』へ。アニメ星界シリーズの針路を明らかにする！カラー口絵48頁

ハヤカワ文庫

クレギオン／野尻抱介

ヴェイスの盲点

ロイド、マージ、メイ――宇宙の運び屋ミリガン運送の活躍を描く、ハードSF活劇開幕

フェイダーリンクの鯨

太陽化計画が進行するガス惑星。ロイドらはそのリング上で定住者のコロニーに遭遇する

アンクスの海賊

無数の彗星が飛び交うアンクス星系を訪れたミリガン運送の三人に、宇宙海賊の罠が迫る

サリバン家のお引越し

メイの現場責任者としての初仕事は、とある三人家族のコロニーへの引越しだったが……

タリファの子守歌

ミリガン運送が向かった辺境の惑星タリファには、マージの追憶を揺らす人物がいた……

傑作スペースオペラ

敵は海賊・A級の敵
神林長平
宇宙キャラバン消滅事件を追うラテルチームの前に、野生化したコンピュータが現われる

デス・タイガー・ライジング1 別離の惑星
荻野目悠樹
非情なる戦闘機械と化した男。しかし女は、彼を想いつづけた——SF大河ロマンス開幕

デス・タイガー・ライジング2 追憶の戦場
荻野目悠樹
戦火のアルファ星系最前線で再会したミレとキバをさらなる悲劇が襲う。シリーズ第2弾

デス・タイガー・ライジング3 再会の彼方
荻野目悠樹
泥沼の戦場と化したアル・ヴェルガスを脱出するため、ミレとキバが払った犠牲とは……

デス・タイガー・ライジング4 宿命の回帰
荻野目悠樹
ついに再会を果たしたミレとキバを、故郷で待ち受けるさらに苛酷な運命とは？　完結篇

小川一水作品

第六大陸1

二〇二五年、御鳥羽総建が受注したのは、工期十年、予算千五百億での月基地建設だった

第六大陸2

国際条約の障壁、衛星軌道上の大事故により危機に瀕した計画の命運は……。二部作完結

復活の地Ⅰ

惑星帝国レンカを襲った巨大災害。絶望の中帝都復興を目指す青年官僚と王女だったが…

復活の地Ⅱ

復興院総裁セイオと摂政スミルの前に、植民地の叛乱と列強諸国の干渉がたちふさがる。

復活の地Ⅲ

迫りくる二次災害と国家転覆の大難に、セイオとスミルが下した決断とは？　全三巻完結

ハヤカワ文庫

珠玉の短篇集

北野勇作どうぶつ図鑑（全6巻）
北野勇作
短篇20本・掌篇12本をテーマ別に編集、動物折紙付きコンパクト文庫全6巻にてご提供。

五人姉妹
菅　浩江
クローン姉妹の複雑な心模様を描いた表題作ほか〝やさしさ〟と〝せつなさ〟の9篇収録

レフト・アローン
藤崎慎吾
五感を制御された火星の兵士の運命を描く表題作他、科学の言葉がつむぐ宇宙の神話5篇

西城秀樹のおかげです
森奈津子
人類に福音を授ける愛と笑いとエロスの8篇日本SF大賞候補の代表作、待望の文庫化！

夢の樹が接げたなら
森岡浩之
《星界》シリーズで、SF新時代を切り拓く森岡浩之のエッセンスが凝集した8篇を収録

ススキノ探偵／東直己

探偵はバーにいる

札幌ススキノの便利屋探偵が巻込まれたデートクラブ殺人。北の街の軽快ハードボイルド

バーにかかってきた電話

電話の依頼者は、すでに死んでいる女の名前を名乗っていた。彼女の狙いとその正体は？

向う端にすわった男

札幌の結婚詐欺事件とその意外な顚末を描く「調子のいい奴」など五篇を収録した短篇集

消えた少年

意気投合した映画少年が行方不明となり、担任の春子に頼まれた〈俺〉は捜索に乗り出す

探偵はひとりぼっち

オカマの友人が殺された。なぜか仲間たちも口を閉ざす中、〈俺〉は一人で調査を始める

ハヤカワ文庫

コミック文庫

花模様の迷路　坂田靖子
美術商マクグランが扱ういわくつきの美術品をめぐる人間ドラマ。心に残る感動の作品集

パエトーン　坂田靖子
孤独な画家と無垢な少年の交流をリリカルに描いた表題作他、禁断の愛に彩られた作品集

叔父様は死の迷惑　坂田靖子
作家志望の女の子メリィアンとデビッドおじさんのコンビが活躍するドタバタミステリ集

マーガレットとご主人の底抜け珍道中〔旅情篇〕〔望郷篇〕　坂田靖子
旅行好きのマーガレット奥さんと、あわてんぼうのご主人。しみじみと心ときめく旅日記

イティハーサ〔全7巻〕　水樹和佳子
超古代の日本を舞台に数奇な運命に導かれる少年と少女。ファンタジーコミックの最高峰

著者略歴　早稲田大学文学部卒
作家　著書『さらしなにっき』
『あなたとワルツを踊りたい』
『水神の祭り』『闘鬼』（以上早
川書房刊）他多数

HM=Hayakawa Mystery
SF=Science Fiction
JA=Japanese Author
NV=Novel
NF=Nonfiction
FT=Fantasy

グイン・サーガ⑪⑦

暁《あかつき》の脱出《だつしゆつ》

〈JA906〉

二〇〇七年十一月十日　印刷
二〇〇七年十一月十五日　発行

（定価はカバーに表示してあります）

著者　栗《くり》本《もと》薫《かおる》
発行者　早川浩
印刷者　大柴正明
発行所　株式会社早川書房
郵便番号　一〇一-〇〇四六
東京都千代田区神田多町二ノ二
電話　〇三-三二五二-三一一一（大代表）
振替　〇〇一六〇-三-四七七九九
http://www.hayakawa-online.co.jp

乱丁・落丁本は小社制作部宛お送り下さい。
送料小社負担にてお取りかえいたします。

印刷・株式会社亨有堂印刷所　製本・大口製本印刷株式会社

ISBN978-4-15-030906-0 C0193